KB074872

추리와 범죄의 고향, 유럽을 가다
셜록 홈스를 찾아라

표창원의 추리여행에세이
셜록을 찾아서

발행일	2018년 7월 27일 초판 1쇄
	2019년 10월 30일 초판 3쇄
지은이	표창원
펴낸이	이승아
편집	이승아
디자인	박윤철
펴낸곳	신사와전사
출판등록	2017년 10월 10일 제2017-000077호
주소	경기도 용인시 기흥구 죽전로3 메트로프라자 801호
전화	031-284-4505
팩스	0504-848-4505
이메일	mwbooks@daum.net
홈페이지	http://www.mwbooks.co.kr

ISBN   979-11-962487-2-7 13810

표창원의 추리여행에세이

셜록을 찾아서

신사와전사

CONTENTS

프롤로그

어린 시절, 나는 내면의 분노가 많고 싸움이 잦았던 말썽꾸러기였다. 그런 내게 폭력이 아닌 추리와 논리로 사건을 해결하고 범죄자를 검거하는 셜록 홈스의 이야기는 사막에서 찾은 오아시스였고, 공부를 열심히 해야 할 이유가 되었다.

'한국의 셜록 홈스'를 꿈꾸며 경찰대학에 진학한 뒤 일선 형사가 되었다. 그 후 영국 유학을 거쳐 경찰대학 교수, 그리고 프로파일러로 일한 지 13년째인 2012년 여름, 아주 오랫동안 마음 속 로망이었던 계획을 실천에 옮기기로 했다.

셜록 홈스의 자취와 흔적을 찾아 떠나는 유럽 여행.

그동안 피해자들과 유족의 아픔과 슬픔들이 담긴 실제 사건들을 접하고 분석하면서, 범죄자들의 악의와 독기를 마주하며 쌓인 내면의 짐과 때들을 훌훌 털어버리고 싶기도 했거니와, 언젠가는 꼭 도전하겠다고 결심한 추리 소설 쓰기의 예행 연습, 사전 답사도 하고 싶었다. 들뜬 마음으로 몇 개월을 공부하고 연구해 여행 루트를 짰다가 변경하기를 수차례, 드디어 일정이 확정되었고, 항공권과 렌트카, 중요 거점 숙소 예약을 마쳤다.

그냥 가서 보고 먹고 사진 찍고 돌아오는 여행을 하고 싶진 않았다. 실제 셜록 홈스 소설 속에 들어간 것 처럼, 흔적이 끊긴 셜록 홈스를 찾아 뒤를 쫓는 탐정으로 빙의해서, 몰입도 120%의 상상 현실화 체험 여행을 하기로 했다. 노트북 컴퓨터와 옷가지 등 생활필수품이 담긴 배낭 하나와 보물처럼 아끼는 DSLR 카메라를 메고, 여행의 매 순간 보고 느끼고 생각하는 것들을 기록하며 목표 지점들을 하나씩 정복해 나갔다. 관광객들이 잘 가지 않는 숲과 황무지와 섬과 건물과 마을들을 찾아다니다가 길을 잃기도 하고, 늪 같은 진흙탕 속에 차 바퀴가 빠져 999(우리 119 같은 영국 응급구조대)의 도움을 받기도 했다. 사람들을 만나 묻고 이야기 나누며 셜록 홈스와 아가사 크리스티와 괴도 뤼팽과 소설 《향수 – 어느 살인자의 이야기》 속 살인마 장 바티스트 그루누이, 그리고 새디즘의 원조 사드 백작의 흔적을 찾고 확인했다. 그런데 분명히, 힘들고 아픈 현실로부터 도망가기 위해 떠난 여행이었는데, 유럽 곳곳의 흔적과 사연들을 접하며 그들을 닮아 있는 두고 온 우리 현실의 사건, 사연과 사람들이 기억으로부터 강제로 소환되는 것이 아닌가. 마치 벗어나려 할수록 더 강하게 조여 오는 수갑의 원리 같았다. 세상 일 중에 어디 마음먹은 대로만 이루어지는 일이 있으랴?

내가 했던 이 소중한 여행의 경험을 많은 분과 나누기 위해 사진과 기록과 기억들을 정리하던 작업을 하던 그 해 겨울, 갑자기 내 앞에 닥쳐 온 '국정원 대선 개입 여론 조작 의혹 사건'으로 인해 작업은 중단되었다. 마치 장기 미제 사건처럼….
그 후 먼지만 쌓이던 기록과 사진 일부를 인터넷 포털 사이트에 연재하며 1차로 정리했고 정권 교체로 세상이 바뀐 2017년 5월에 다시 추가 정리 작업을 시작했다. 지금 이 책을 읽을 독자들을 위해, 여행 당시의 느낌과 분위기에 그 이후 발생한 사건들의 사연과, 시대 상황을 접목시키려고 노력했다.

숨가쁜 정치 일정이 진행되는 생활 속에서 글을 쓰는 것이 쉽지는 않았으나 이 추리 여행기만큼은 꼭 많은 분과 나누고 싶었다. 셜록 홈스와 추리 소설, 그리고 여행을 좋아하는 많은 분께서 내가 느꼈던 신비로움과 감격, 흥분과 즐거움과 상상과 사색을 나눠 가지시길 소망한다. 그리고 그리 멀지 않은 한반도 평화의 시대에, 기차를 타고 여러분과 함께, 가슴 떨리는 또 다른 추리 여행을 떠날 수 있길 기대해본다. 색다른 추리여행, 표창원과 함께 떠나시겠습니까?

2018년 여름
표 창 원

추락

스위스 라이헨바흐 폭포Reichenbach Fall, Swiss
크라임씬 – 셜록 홈스 사망 사건의 현장

마이링겐

셜록 홈스의… 남다른 재능을 기록하는 것도 이제 마지막이라고 생각하니 펜을 잡기가 슬퍼진다…(중략)… 그는 라이헨바흐 폭포로 가지 말라고 신신당부했다… 그곳은 정말 무시무시한 곳이었다…(중략)… 우리가 헤어졌던 바위 앞에 홈스의 등산용 지팡이가 세워져 있었다. 하지만 그의 모습은 어디서도 찾아볼 수가 없었다…(중략)… 그래도 홈스의 마지막 인사는 받을 수 있었다… 세 페이지 분량의 편지였다. – "친애하는 왓슨. 모리어티… 이제 그가 가져올 해악을 사회에서 제거할 수 있다고 생각하니 매우 만족스럽네… 내 인생의 마지막 장을 장식하는데 이처럼 어울리는 방법도 없을 걸세… 그럼 자네 부인에게도 안부를 전해주게나. 자네의 진실한 친구, 셜록 홈스"… 경찰의 조사 결과 두 사람은 서로 끌어안은 채 폭포 밑으로 떨어졌다는 결론이 났다… 가장 위험한 범죄자와 가장 뛰어난 법의 수호자는 소용돌이치는 폭포 밑에서 영원히 잠들게 되었다.

셜록 홈스의 회상록 중 《마지막 사건(원제 Final Problem)》, 아서 코난 도일 지음, 박상은 옮김, 문예춘추사, pp. 339–367 중에서

셜록 홈스를 찾아 떠난 여행

더위와 일상사와 세상일에 지쳐 컴퓨터만 물끄러미 바라보던 어느 여름 밤, 갑자기, 트위터와 페이스북에 #BelieveInSherlock이라는 해시태그를 단 멘션들이 올라오기 시작했다. 처음엔 유치한 장난이라 생각하며 무시했지만, 주로 외국인 친구들이 사용하는 서로 다른 여러 계정에서 같은 태그를 단 글들이 계속 올라오자 호기심이 발동했다. 그 호기심은 곧, 그동안 현실에 치어 살아가느라 무의식 저 편으로 날려 보냈던 어릴 적 우상 '셜록 홈스'에 대한 그리움으로 바뀌어 스멀스멀 의식의 영역으로 치밀고 올라왔다. 내용들을 읽어 보니, 대개는 '셜록은 진짜다', '셜록은 살아 있다'라는 의견과 주장을 공유하는 '팬심'의 표현들이었다. 하지만 일부 멘션에 연결된 블로그와 사이트들에서는 셜록 홈스가 실존 인물이라는 가설을 세우고 매우 진지하고 논리적으로 관련된 증거들을 제시하고 있었다. 나는 다음과 같은 생각이 들었다.

셜록 홈스가 실존 인물일 가능성이 있다고….

게다가, 지금 세상에는 불의와 악과 의혹과 미해결 사건들이 넘치고 있지 않은가? 셜록 홈스의 천재적인 추리와 과학적인 분석, 그리고 깊은 사색의 힘이 필요하다. 나도 그동안 너무 많은 일과 사건으로 인해 몸과 마음이 모두 지친 상태다.

"그래, 셜록 홈스를 찾아 떠나 보자."

그를 찾아 모든 문제를 일시에 해결할 묘책을 얻을 수는 없을지라도, 그를 찾는 여정을 통해 지치고 복잡한 마음을 정리하고, 켜켜이 쌓인 문제들에 대한 이성적이고 차분한 대응 전략을 세울 여유는 얻을 수 있을 것이다.

셜록 홈스는 스코틀랜드Scotland 출신의 의사 겸 작가인 코난 도일 Conan Doyle이 창조해 낸, 소설 속의 인물이다. '자문 수사관consulting detective'이라는 공식 직함을 사용하지만 우리나라에서는 '탐정'이라고 불리고 있다. 1887년 《주홍색 연구》라는 작품에 그가 처음 등장하자마자 선풍적인 인기를 얻은 뒤 세계적인 명성을 얻었고 이후 많은 추종자가 생겼다. 일부 학자들은 셜록 홈스의 실제 모델이 저자인 코난 도일의 스승인 법의학자 조셉 벨Joseph Bell이라고 주장했지만, 정작 조셉 벨은 셜록 홈스가 제자인 '코난 도일' 스스로의 모습이라며 자신이 모델이라는 주장을 부인했다고 한다. 다른 이들은 당시에 신출귀몰한 변장술과 범인 검거 능력으로 유명했던 형사 '프랜시스 스미스Francis Smith'가 셜록 홈스의 실제 모델이라고 주장하고 있다. 스미스 형사는 경찰관을 그만두고 레스터로 가서 영국 최초의 사립 탐정private detective이 되었다.

낡은 19세기 소설 속 인물이었던 셜록 홈스는 얼마 전 영국 BBC 방송이 제작한 드라마 'Sherlock' 시리즈를 통해 최첨단의 현대적인 매력을 갖춘 프로파일러로 재탄생했다. 우리로 치자면 어사 박문수나 홍길동, 전우치 같은 캐릭터가 아이돌 스타 이상의 인기를 얻으며 새로 등장했다고 볼 수 있다. 특히, 우리 범죄 수사 분야 종사자들에게 셜록 홈스는 단순한 '소설 속 캐릭터'가 아니다. 최초로 '연역적 추론deductive reasoning'이라는 프로파일링 기법을 범죄 수사에 적용한 선구자적 존재요, 지문이 신원 확인에 사용될 수 있다는 사실이 겨우 알려지기 시작하던 시절에 과학수사 기법과 절차를 강조한, CSI 과학수사대의 '대선배'다. 오죽했으면, 일본과 우리나라의 관계처럼 영국과 앙숙관계인 프랑스인들이, 프랑스 '과학수사의 아버지'인 알퐁스 베리티옹Alphonse Bertillon을 주저없이 '프랑스의 셜록 홈스'라고 부르겠는가? 오스트리아에서도 범죄심리학과 프로파일링의 창시자 '한스 그로스Hans Gross'를 '오스트리아의 셜록 홈스'라 부른다.

이제 그를 만나러 간다. 언제나 사건 수사의 처음과 끝은 '현장'이다. 우선, 셜록 홈스가 '범죄 세계의 나폴레옹' 모리아티Moriarty 교수와 최후의 결투를 벌이다 떨어진 것으로 알려진 사건의 현장부터 가 보자. 스위스의 알프스 산맥 한 자락에 자리 잡고 있는 '라이헨바흐 폭포'. 나는 곧바로 필요한 조사와 계획 수립을 마친 뒤, 파리 행 비행기에 몸을 실었다.

셜록 홈스의 '추락fall'

우리말이나 영어에서도 추락은 물리적인 현상인 '떨어짐'이라는 뜻과 함께 심리적·사회적 현상인 '몰락', '망함' 등의 의미를 담고 있다. 우리는 누구나 살아가면서 '추락'을 경험한다. 나도 그동안 수없는 추락을 경험했다. 아마 정도의 차이가 있을 뿐, 누구나 그럴 것이다. 도전과 모험, 새로운 시작을 하는 사람은 누구나 추락을 경험할 수 있다. 이는 세상이 내 맘 같지 않기 때문이다.

비행기 창밖으로 구름과 저 아래 시베리아 벌판으로 추정되는 대지, 그리고 빠르게 어둠으로 변해가는 하늘을 바라보며 과거 추락의 기억들을 더듬다 보니 장거리 달리기를 한 뒤에 찾아오는 갈증처럼, 갑자기 노래가 듣고 싶어졌다. 스마트폰의 음악 플레이 리스트를 빠르게 스크롤해 이승환의 'Fall to Fly'를 찾아 눌렀다.

추락… '내가 날 수 있다는 것을, 내게 날개가 있다는 것을 알기 위해' 반드시 거쳐야 하는 과정. 우리 모두에게는 날개가 있지만, 추락하지 않는다면, 날개가 있다는 것을, 날 수 있다는 것을 결코 알 수 없다. 비록 추락할지언정, 실패할지언정, 뛰고 부딪치고 맞서고 견뎌야 한다. 노래 가사 한마디 한마디가 가슴에 와 닿는다.

셜록 홈스가 라이헨바흐 폭포에서 추락한 것도 죽음이 아닌, 날개를 찾아 날아오르는 과정이었던 것일까? 라이헨바흐 폭포에서 셜록 홈스가 추락하는 모습과 노래 'Fall to Fly'의 가사가 마구 오버랩되고 있는 사이, 비행기가 벌써 파리 샤를 드골Charles de Gaulle, Paris 공항에 착륙했다. 입국 수속을 마친 뒤 렌트카 데스크로 갔다. 미리 예약해 둔 작고 탄탄하고 연비가 좋은 소형 승용차를 타고 라이헨바흐 폭포로 가는 본격적인 여정을 시작했다. 스마트폰 내비게이션 앱으로 확인해 보니, 첫 목표 지점인 스위스 마이링겐Meiringen까지의 거리는 670km, 예상 소요 시간은 6시간 52분이었다. 12시간이 넘는 비행과 복잡한 수속 등을 마친 지친 몸으로 장거리 야간 운전을 하는 것은 위험하다. 2시간 정도 운전한 뒤 스마트 폰의 여행 앱에서 추천하는 깨끗하고 저렴한 숙소에 들러 하룻밤 휴식을 취하고 나서 상쾌한 마음으로 다시 여행을 시작했다.

셜록 홈스가 라이헨바흐 폭포에서 떨어지는 상황을 묘사한 코난 도일의 《마지막 사건》에 따르면 셜록과 왓슨Watson은 마이링겐에서 도보로 한 시간 정도 이동해 라이헨바흐 폭포에 이른다. 나도 그 경로를 따르기로 했다. 마이링겐 역 공영주차장에 차를 세운 뒤 걷기 시작했다.

특별할 게 전혀 없는 작은 스위스 시골 마을의 들판길. 귀엽고 아담한 스위스풍 집들과 아무도 없는, 그냥 내버려 둔듯한 탁 트인 벌판은 어린 시절, 우리 시골 마을의 모습을 연상케 한다. 자동차, 빌딩, 수많은 가게와 사람들 그리고 미세먼지가 '없다'는 것만으로 편안하고 차분한 느낌을 맛볼 수 있었다.

셜록 홈스의 '추락' 현장을 찾아 나선 길, 공해 없이 파란 하늘과 초록 풀밭 사이를 걷노라니 또 다른 '추락'의 기억이 떠오른다.

〈추락하는 것은 날개가 있다〉는 배우 강수연이 주연한 영화로 그 배경도 알프스였다. 다만 스위스가 아닌 이웃 나라 오스트리아의 그라쯔Graz라는 마을. 영화에서 남자 주인공인 형빈(손창민)은 여자 주인공인 윤주(강수연)의 가슴에 총을 겨누고 잉게보르크 바흐만*Ingeborg Bachmann의 시를 인용하며 "추락은 우리가 날 수 있는 유일한 방법이야. 죽음을 끝 모를 추락이라고 보더라도…"라고 중얼거렸다. 오랜 세월이 지났음에도 그녀의 마지막 모습이 그대로 내 눈 앞에 재현되는 듯 했다.

나는 여행이 정말 좋다. 그 장소가 어디건, 일단 떠난다는 것 자체가 좋다. 일상에서, 관계에서, 숙제와 갈등과 번민에서 탈출할 수 있기 때문이다. 그 탈출은 평소에 잊고 있던 추억과 순수한 열정의 흔적들을 되살려 준다. 어쩌면 영화 속 형빈과 닮아 있던 내 젊은 날의 모습들. 영화 같은, 비극적인 사랑을 꿈꿨던 그때 그 시절이 문득 그리워졌다.

＊잉게보르크 바흐만Ingeborg Bachmann 오스트리아 출신의 여성 시인. 빈 대학에서 철학과 독문학을 전공했다. 〈큰 곰자리에의 탄원(번역본: 추락하는 것은 날개가 있다)〉 등의 시집으로 독일 문학계에 센세이션을 불러일으켰다.

스위스 '라이헨바흐 폭포Reichenbach Fall'

표지판에 드디어 라이헨바흐 폭포가 나타났다. 셜록 홈스와 왓슨도
이 길을 나처럼, 이렇게 걸었을 것이라고 생각하니 묘하게 흥분되었
다. 소요된 시간도 코난 도일의 《마지막 사건》에 기록된 것과 같다.
셜록과 왓슨의 보폭과 보속이 내 것과 유사하다는 이야기다.

자, 이제부터 추억과 상념은 접고 '셜록 홈스의 흔적 찾기'에 집중하
자. 라이헨바흐 폭포 진입로에 이르니 길 한가운데에 셜록 홈스의 얼
굴이 새겨진 동판이 바위 안에 박혀 있다. 동판 안에는, 1957년 6월
25일, 미네소타에서 온 노르웨이 출신의 탐험가들과 영국 '셜록 홈
스 학회' 회원들이 셜록 홈스가 범죄 세계의 나폴레옹인 모리아티 교
수를 제거한 업적을 기리기 위해 설립했다고 적혀 있다.

조금 더 걸어가니 폭포로 올라가는 '미니 기차' 역이 나온다. 기차는 셜록과 왓슨이 왔을 때는 존재하지 않았던 교통수단이다. 《마지막 사건》 속 왓슨의 기록에 따르면 이곳에서 다시 두 시간을 더 걸어 올라가야 폭포가 나온다. 왕복 티켓의 가격은 10스위스프랑, 우리 돈으로 만 원이 조금 넘는다. 자그마한 역사 안의 벽면은 셜록이 모리아티와 함께 폭포로 떨어지는 그림과 그 그림으로 제작된 우표, 그 상황을 묘사한 만화, 기념 티셔츠 등으로 가득 채워져 있었다. 제법 '셜록 홈스 명소'의 분위기가 풍겼다.

24명이 정원인 미니 기차엔 나를 포함해서 15명 정도가 탔다. 언어와 억양 등의 특징으로 유추해보면 그 구성은 다음과 같이 생각되었다. 스위스인 가족, 미국인 노부부, 영국인 부부, 독일인, 이탈리아인, 젊은 일본인 커플과 나처럼 혼자 찾아 온 학자풍의 일본인 중년 남성…. 아직 한국과 중국 관광객은 이곳까진 많이 찾아오지 않는 듯했다. 45도를 조금 넘긴, 깎아지른 듯한 급경사 철로를 따라 오르는 미니 기차는 속도만 느릴 뿐, 롤러코스터에 비견될 만한 스릴을 선사했다. 게다가, 숲 사이로 간간이 나타나는 알프스의 웅장함과 저 아래 사람 사는 동네의 아기자기한 풍경의 대비는 내 눈을 즐겁게 하기에 충분했다.

20분 남짓한 기차 여행 끝에 도착한 폭포 전망대. '와우'라는 감탄사가 절로 나왔다.

오두막 같은 역사를 나오자마자 눈앞에 펼쳐진 폭포의 위용.

저 멀리서 수천 마리의 말이 달려오는 듯한 물소리도 귀를 즐겁게 했다. 무엇보다 그동안 책과 인터넷 등에서 시드니 파젯*Sidney Paget 화백의 삽화로만 봐 온 라이헨바흐 폭포를 실제로, 내 눈으로 보고 있다니….

---

*시드니 파젯Sidney Paget 스코틀랜드 에든버러 출신으로 소설 셜록 홈스에 관한 가장 대표적인 이미지를 창조해 낸 삽화가다. 라이헨바흐 폭포 삽화를 비롯하여 셜록 홈스의 탐정으로서의 독특한 외관과 이미지를 만들어냈다.

도대체 얼마 동안이나 그냥 그 자리에 서 있었는지 모르겠다. 함께 기차를 타고 온 승객들이 등 뒤와 눈앞에서 감탄사를 내지르고 사진을 찍고 대화를 나누다 사라진 후에도 오랫동안 난 동상처럼 그냥 서 있었다. 정신을 차리고 보니, 앞쪽에 나무로 어설프게 만들어 놓은 셜록 홈스 모형이 눈에 들어왔다. 폭포를 배경으로 사진을 찍으라고 얼굴 부분에 구멍을 뻥 뚫어 놓은 나무 인형이었다. 관광지에서 흔히 볼 수 있는 캐릭터 사진 판넬을 이곳까지 와서 보게 되다니.

발길을 재촉해 셜록이 떨어졌을 것으로 추정되는 폭포 상류 쪽으로 갔다. 상쾌한 알프스 산맥의 오솔길, 왓슨도 《마지막 사건》에서 이 길을 따라 걷는 산책의 상쾌함을 묘사하고 있다. 한 20분쯤 걸었을까? 저 앞 벤치에 흰 종이가 붙어 있다. 역시… 'Believe in Sherlock'. 관리 사무소의 귀여운 마케팅 발상인지, 진짜 셜로키언*Sherlockian 방문자의 소행인지….
아무튼 작은 미소 하나를 만들어 주는 귀여운 장난이다.

---

*셜로키언Sherlockian 셜록 홈스를 추종하고 연구하고 기리는 사람들로 셜록 홈스의 열성 팬을 이르는 말이다. 영국에서는 홈지언Holmesian, 미국에서는 셜로키언Sherlockian 이라고 한다. 1934년 미국 뉴욕에서 최초로 설립된 베이커 스트리트 이레귤러스The Baker Street Irregulars를 비롯해 영국, 일본 등 전 세계에 다양한 모임들이 결성되어 있는데, 베이커 스트리트 이레귤러스에는 전 미국 대통령인 프랭클린 루스벨트, 해리 트루먼, 작가 엘러리 퀸 등이 참여하고 있다. 1951년 만들어진 '런던 셜록 홈스 협회'는 자체적으로 〈셜록 홈스 저널〉이라는 회지를 발간하며, 매년 라이헨바흐 폭포를 답사한다고 한다.

폭포의 상류는 맑고 깨끗하다. 하지만 억겁의 세월을 담고 있는 이끼 낀 바위들을 휘돌아 내려가면서 그 위세는 급격하게 강해진다. 그 아래, 깎아지른 절벽으로 떨어지는 물줄기는 가히 공포의 대상이다.

이쯤에서, 아마도 마이링겐의 호텔에서 왔다는 젊은 전령이 '영국인 의사'를 찾는 영국 할머니 환자의 다급한 요청 사항을 전달했겠지. 셜록은 그가 순진한 왓슨을 자신에게서 떼어 놓으려는 모리아티의 심부름꾼임을 물론 알고 있었다. 실제로 셜록이 모리아티를 안고, 마치 적장인 일본군 장수를 안은 채 진주 남강에 몸을 던진 논개처럼, 절벽 아래로 몸을 던진 장소는 반대 쪽으로 더 걸어 들어가야 닿을 수 있다. 하지만 지금은 사고 방지와 장소 보존을 위해 일반인의 통행을 금지하고 있다. 대신, 폭포 반대 편에서 육안으로 확인할 수 있도록 커다란 하얀색 별을 칠해 놓았다. 줌렌즈로 최대한 당긴 채, 마치 경찰관 시절 38리볼버 권총 사격을 했을 때처럼, 숨을 죽인 채 방아쇠를 당기듯 셔터를 눌렀다.

어느덧 마지막 하행 기차 출발 시각이 다 되어 아쉬움을 안은 채 다시 미니 기차를 타고 마을로 내려왔다. 코난 도일의 셜록 홈스 시리즈 《마지막 사건》에서 왓슨은 폭포로 떨어진 셜록의 시신을 찾지 못했다고 적었다. 그의 사망 여부가 확인되지 않았던 것이다. 비록 충분하지는 않았지만, 사건 현장인 라이헨바흐 폭포를 탐사했으니, 시간적 여유를 조금 더 가지고 셜록 홈스에 대한 본격적인 조사를 시작해 보자. 다음 행선지는 셜록 홈스와 왓슨이 묵었던 마이링겐 마을이다.

흔적

스위스 마이링겐Meiringen, Swiss
코난 도일은 왜 셜록 홈스를 살해하려 했을까?

마이링겐

코난 도일은 1891년 11월 어느 날, 그의 어머니에게 편지를 써서 이렇게 말했다.
"어머니, 난 이제 그만 셜록 홈스를 죽여 버려야겠어요. 그리고 그와 관련한 모든 것을 영원히 끝내버리겠어요. 셜록 홈스는 내 마음을 다른 훨씬 더 좋은 것들로 부터 멀어지게 하고 차단하고 있어요."
코난 도일의 편지를 받은 그의 어머니는 즉시, 이렇게 답장을 보냈다.
"안 돼! 절대로 안 돼! 넌 셜록 홈스를 죽여서는 안 돼! 죽일 수 없어! 아니, 죽이지 않을 거야!"

《코난 도일 경의 생애The Life of Sir Arthur Conan Doyle》, John Dickson Carr, 1947 중에서 발췌 · 번역

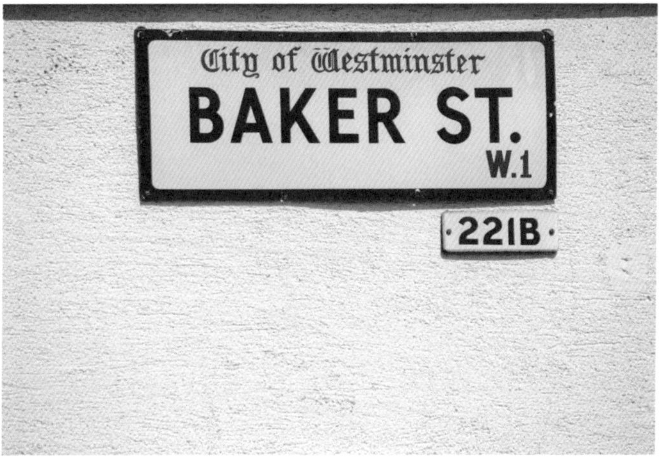
City of Westminster
BAKER ST.
W.1
·221B·

셜록 홈스의 마을, '마이링겐Meiringen'

라이헨바흐 폭포를 떠나 걸은 지 한 시간 만에 마이링겐 마을 입구에 도착했다. '셜록 홈스 찾기'…. 어디에서 시작할까?

마침 이 마을 토박이로 보이는 농부 복장의 할아버지가 앞쪽에서 걸어오고 있다. 이분에게 물어봐야겠다. 그런데 영어를 알아들으실까?

"Excuse me, Sir. Do you know Sherlock Holmes?"

낯선 동양인 방문객의 질문에 당황한 듯 잠시 물끄러미 쳐다만 보시던 할아버지는 아무런 표정이나 말도 없이, 왼손을 들어 손가락으로 길 건너 쪽을 가리켰다. 그리곤 고개를 흔들고 그대로 걸어가셨다. "당케 셴Danke schon", 이 지방에서 쓰는 독일어로 감사 인사를 한 뒤 길을 건넜다. 아, 이런…. 'Sherlock'이라는 이름의 술집. 해가 지기도 전에 술집을 찾는다고 생각하셨겠구나. 벽엔 '베이커가 221B'라는 팻말이 붙어 있다. 런던에 있는 셜록 홈스의 탐정 사무실 주소다. 하지만 스위스 작은 시골 마을에 같은 주소가 있을 리 없다. 그 아래, 실제 번지 수를 표시하는 자리에 '11'이라는 숫자가 붙어 있다. 술집 '셜록'의 주소는 '알프바흐가 11번지Alpbachstrasse 11'. 역시, 너무 이른 시간이라 아직 문을 열지 않았다.

그대로 길을 따라 걸어가 봤다. 전형적인 스위스 시골 마을의 평화롭고 아기자기한 풍취가 물씬 풍겼다. 빗살 무늬 나무 지붕, 베란다 갈색 덧문 밖에 놓인 예쁜 화분들, 1층은 상점, 2층은 주거지인 주상복합 타운하우스 행렬…

5분 남짓 걸었을까? 거짓말처럼, 눈앞에 그가 나타났다.

셜록 홈스의 동상. 그 동상 뒤로는 자그마한 영국식 예배당 건물이 있다.

그리고 이곳의 정식 지명은 '코난 도일 광장Conan Dolye Place'이다.

셜록 홈스의 동상 곁으로 다가갔다. 셜록이 널찍한 바위 위에 비스듬히 걸

터앉아 그의 상징인 사냥 모자를 쓰고 파이프를 문 채 사색에 잠겨 있었다.

그가 마치 살아있는 듯, 그의 숨결, 체온과 맥박이 느껴졌다. 이 동상은 1988년, 셜록 홈스를 '마이링겐 명예시민'으로 위촉한 것을 기념하여 만들었다고 한다. 2002 월드컵 때 한국 대표팀 감독을 맡았던 네덜란드인 거스 히딩크Guus Hiddink는 '서울 명예시민'으로 위촉되었고, 그 외에도 유명 실존 인물이 명예시민으로 위촉된 예는 많다. 하지만 소설 속 캐릭터를 명예시민으로 위촉하다니….

아니, 셜록 홈스가 '실존 인물'이라는 증거인 것일까?

어쨌든, 이 동상을 만든 조각가 존 더블데이John Doubleday는 셜록 홈스가 1891년 5월 4일, '범죄의 나폴레옹' 모리아티 교수와 라이헨바흐폭포에서 최후의 대결을 하기 몇 시간 전, 사색에 잠긴 모습을 묘사했다고 한다. 그런데 셜록 홈스의 동상답게, 조각가는 동상 및 그 주변에 암호 형태로 60개의 셜록 홈스 소설 모두에 대한 단서를 새겨두었다. 사전 지식이 많지 않더라도, 관찰력과 추리력만으로 답을 얻을 수 있다고 하니, 이곳에 오시는 분은 꼭 도전해 보시길 권한다. 그런데 아쉽게도 이 안내문은 독일어와 영어, 프랑스어, 그리고 일본어로만 표기되어 있다. 셜록 홈스 동상 뒤에는 영국식 예배당으로 이어지는 통로가 있는데, 길을 따라 양 옆에는 코난 도일의 소설《마지막 사건》에서 셜록과 왓슨이 마이링겐에 도착한 뒤 라이헨바흐 폭포에 가서 모리아티 교수와 추락하기까지의 과정을 설명하는 그림과 글들이 병풍처럼 줄을 지어 서 있다.

병풍가도의 끝 부분에는 '셜록 홈스 박물관'으로 꾸며진 영국식 예배당 입구가 있다. 이 박물관은 1991년 5월 4일, 셜록 홈스의 죽음 100주년 기념으로, 영국 '셜록 홈스 학회' 회원들과 코난 도일의 딸인 진 코난 도일Lena Jean Conan Doyle 여사가 주도하여 건립했다고 한다. 안으로 들어가니 작고 아담하지만 매우 경건한 분위기의 예배당 홀이 나왔고, 한쪽 끝에 지하로 내려가는 입구가 있었다. 셜록 홈스의 아지트로 들어가는 비밀 통로다.

좁은 나선형 계단을 내려가자 마치 살아 있는 셜록 홈스의 사무실에 온 듯한 느낌이다. 그의 집무실과 사진, 동상, 영국 런던수도경찰청의 사건 서류와 보고서들, 셜록이 해결한 사건들과 연루된 물건들… 지금이라도 셜록이 등 뒤에서 특유의 낮고 쉰소리 나는 목소리로 날 부를 것만 같다. 스위스 마이링겐에서는 셜록 홈스를 명예시민으로 위촉하고, 그의 동상과 박물관을 마을 한가운데 두고 있다. 비록 그의 고향은 아니지만, 이곳이야말로 진정한 '셜록 홈스 마을'이라고 할 만하다.

코난 도일, 마이링겐에서 '셜록 홈스 살해'를 모의하다

셜록 홈스 박물관을 나와 전면 광장에 펼쳐진 벼룩시장을 지나면 도로가 나오고 그 도로를 마주보고 오른쪽으로 몇 걸음만 걸어가면 아주 고풍스럽고 웅장한 건물이 나타난다. '파크호텔 두 소비지 Parkhotel Du Sauvage'. 이곳은 셜록 홈스가 라이헨바흐 폭포에서 떨어지는 코난 도일의 소설 《마지막 사건》에서 셜록과 왓슨이 묵은 것으로 기록되어 있는 영국풍 여관 'Englischer Hof'의 모델이 된 장소다. 호텔 입구 벽면에는 "영국관, 코난 도일 경이 방문했던 곳이며, 1891년 5월 3일과 4일, 셜록 홈스와 왓슨이 실제로 묵었던 곳으로, 셜록 홈스가 '범죄의 나폴레옹' 모리아티 교수와 최후의 대결을 하기 위해 라이헨바흐 폭포로 출발했던 장소"라는 글이 적혀 있다. 실제로 코난 도일이 왔던 곳이라는 말인지, 소설 속 셜록 홈스와 왓슨이 가상으로 묵었던 장소라는 것인지… 셜록 홈스가 실존 인물일지도 모른다면 이 글이 그를 어디에서 찾아야 할지의 '최후의 문제'를 풀 단서가 될 것이다.

이럴 땐 '탐문 수사'가 필요하다. 호텔 문을 열고 들어갔다. 일단 프런트에서 하룻밤 투숙 체크인을 한 뒤 내가 마이링겐을 찾아 온 이유를 설명하고 1891년 셜록 홈스가 이곳을 실제로 방문했는지를 알고

싶다고 물었다. 직원들이 매우 당황스러워하며 독일어로 빠르게 대화를 주고받았다. 그리곤 매니저를 불러주겠다고 했다. '파크호텔 두 소비지'의 매니저 머스펠트Musfeld는 영어에 능통했을 뿐 아니라 셜록 홈스와 코난 도일에 대해 거의 향토 사학자 수준으로 잘 알고 있었다. 그는 코난 도일이 1893년, 부인과 함께 스위스 여행을 하던 중에 마이링겐을 찾았고, 이 호텔에 투숙했다고 설명했다. 당시 코난 도일과 부인 루이자 호킨스Louisa Hawkins는 스위스 알프스의 매력에 흠뻑 빠졌고, 평소 꿈꾸던 낭만적인 전원 생활을 하는 데 가장 이상적인 장소라고 생각했다고 한다.

머스펠트 매니저의 말에 따르면, 셜록 홈스는 소설 속 캐릭터일 뿐, 실제로 이곳에 투숙한 적은 없다. 호텔 외벽에 새겨진 '셜록 홈스와 왓슨의 투숙' 내용은 마케팅 차원에서 소설 속 이야기를 마치 실제처럼 적었을 뿐이라고 했다. 하지만 그의 '말'일 뿐이다. 머스펠트는 잠깐 기다리라고 하더니 사무실로 가서 코난 도일에 대해 영어로 기록된 인쇄물들과 책자 몇 권을 가져다주었다. 자료들을 받아들고 그에게 감사 인사를 한 뒤, 방에 올라가 룸서비스로 간단한 퐁듀 요리를 주문하고는 추가 조사에 들어갔다.

1910년 영국 일간지 '타임즈Times' 기사엔, 스위스 철도청이 기차 안에서 셜록 홈스를 포함한 '범죄 소설'을 탐독하는 것을 금지했다는 내용이 눈에 띈다. 이유는 청소년에게 나쁜 영향을 끼치기 때문이란다. 지금 게임에 대한 규제 논란이 일고 있는 우리 상황이 오버랩된다.

셜록 홈스에 대한 최고의 전문가 중 한 명인 미국 추리 작가 존 딕슨 카*John Dickson Carr가 쓴 《코난 도일 경의 생애The Life of Sir Arthur Conan Doyle》를 폈다. 1893년, 코난 도일의 스위스 여행에 대한 기록에서 매우 흥미 있는 내용들이 발견되었다. 당시 코난 도일은 6년에 걸쳐 연간 평균 2편씩의 셜록 홈스 시리즈를 창작하느라 매우 지친 상태였다. 특히, 그는 추리소설이 아닌 역사와 모험, 로맨스 등 다양한 주제로 글을 쓰고 싶은 욕구를 강하게 느끼고 있었다. 그래서 셜록 홈스 시리즈를 끝내겠다는 생각을 하게 된다. 이 생각을 그의 정신적 지주였던 어머니에게 밝히자 어머니는 펄쩍 뛰며 반대했다. 셜록 홈스의 가장 열렬한 팬이 코난 도일의 어머니였던 것이다. 그러던 중 아내 루이자 호킨스와 함께 스위스 여행을 하며 알프스 지방의 아름다운 풍광에 매료되고, 평화롭고 목가적인 생활에 푹 빠져들게 된 코난 도일은 마이링겐에 도착한 뒤, 셜록 홈스를 이곳에서 죽여 버리기로 마음을 굳힌다. 바로 이 호텔에 투숙했을 때의 일이다. 혹시 내가 묵고 있는 이 방이 아닐까?

---

*존 딕슨 카John Dickson Carr 20세기 영미 추리소설계에 크게 기여한 작가로, 《코난 도일 경의 생애The Life of Sir Arthur Conan Doyle》를 출판하여 코난 도일의 공식 평전으로 인정받았으며, 그 후 코난 도일의 아들 아드리안 코난 도일과 《셜록 홈스 미공개 사건집》을 공동 집필하였다.

기록에 따르면, 코난 도일은 호텔 지배인의 소개로 방문한 라이헨바흐 폭포의 위험하고 비극적이면서도 아름다운 풍광에 매료되어 이곳을 셜록 홈스 최후의 장소로 삼기로 했다는 것이다. 코난 도일은 굳은 마음을 먹고 1887년 《주홍색 연구》에서 시작된 셜록 홈스와의 동행을 끝내기로 한 것이다. 이 결심은, 존 왓슨 박사에게서도 평생의 동반자이자 친구인 셜록을 앗아 가는 잔인한 결과를 낳게 된다. 그 뿐인가? 셜록 홈스를 믿고, 셜록에게 의지하며, 셜록의 다음 이야기가 나오기만을 애타게 기다리면서 지치고 피로한 일상의 어려움을 이겨나가던 수많은 독자에게서 그들의 우상을 강탈하는 폭력이었다. 하지만 코난 도일은 그만큼 지쳐 있었던 것이다. 셜록 홈스를 탄생시키고, 그가 해결해야 할 사건들과, 누구도 예상 못 할 반전과 미스터리를 매번 새로 만들어내야 했던 코난 도일의 피로와 스트레스, 창작의 고통을 어느 정도 이해할 수 있을 것 같았다. 다행히도, 그때 그의 옆에는 사랑하는 아내 루이자 호킨스가 있었다. 하지만 그녀 역시 그로부터 6년 후 폐결핵에 걸리고 만다. 그녀는 오랜 투병 생활 끝에 1906년, 세상을 떠나게 된다. 셜록 홈스를 왓슨과 독자들에게서 강제로 떼어 내 떠나보낸 대가를 치른 것일까?

과연 셜록 홈스는 어디로 갔을까?

머나먼 스위스 알프스Alps 자락의 작은 마을 마이링겐에서, 필생의 동반자 셜록을 잃은 왓슨과 당시 독자들의 아픔, 그리고 셜록을 떠나보내야 했던 코난 도일의 무거운 어깨, 결국 자신과 함께 평생 힘들고 고통스러운 창작의 길을 걸어 온 아내와 사별한 그의 상실감을 공감하며 잠이 들었다.

다음 날 아침, 호텔에서 체크아웃할 때 머스펠트 매니저가 환한 미소를 지으며 다가왔다. 그에게 어제 빌린 자료들을 건네며 고맙다는 인사를 했다. 언제든지 연락을 달라며 명함을 내밀던 그는 갑자기 무엇인가 생각이 난 듯 내 손을 잡았다. 자신은 셜록 홈스의 존재를 믿지 않기 때문에 흘려버렸던 이야기인데, 이 지역 셜로키언들 사이에서는 셜록 홈스가 라이헨바흐 폭포에서 살아난 뒤 산길을 따라 알프스 정상인 융프라우Jungfrau로 갔다는 이야기가 정설처럼 떠돈다는 것이었다. 게다가, 코난 도일 역시 당시 스위스에 머물 때, 융프라우 인근에서 스키를 만들어 타면서 경사진 산길을 달려 내려오는 '알파인 스키'를 개발한 후 스위스협회에 전수하였다는 내용이 역사에 기록되어 있다는 것이다.

단서가 나오면, 무조건 끝까지 가봐야겠지. 게다가, 융프라우는 차로 20여 분만 가면 되는 인터라켄Interlaken에서 산악 기차를 타고 올라가면 된다. 주저할 필요가 없었다. 한여름에도 흰 눈이 덮여 있는 알프스 융프라우의 위용은 숨이 막힐 정도였다.

융프라우 정상까지 왔지만, 셜록 홈스의 흔적은 어디에?

또 다시 탐문 수사를 해야겠다. 안내 데스크를 찾아 물었다. 60대로 보이는 노련한 안내원이 자신만만한 미소를 지으며 지하 얼음동굴의 입구를 가리켰다. 아마 그곳에 가면 셜록 홈스의 흔적을 찾을 수 있을 것이라며 윙크까지 날린다.

스위스 알프스 정상 융프라우 지하에 조성된 얼음동굴을 내려가는 동안 피부에 소름이 돋았다. 추위 때문일까? 셜록의 흔적을 만난다는 기대 때문일까? 좁고 차갑고 어둡고 으스스한 얼음터널을 지나니 독수리와 곰과 에스키모를 얼음으로 조각한 조형물들이 나타난다.

셜록은 과연 어디에?

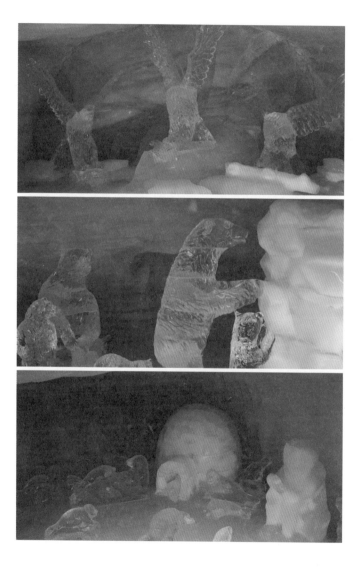

뭔가 잘못된 것이 아닐까 생각할 때 쯤, 푸른빛의 터널이 나타나더니 그 끝에 드디어 셜록의 흔적이 나타났다. 역시 얼음 조각이었다. 그리고 그 옆에 설명 역시 얼음 조각으로 새겨져 있었다. "2012년 9월 11일, 불멸의 셜록 홈스가 그의 추종자들과 함께 이곳을 방문해 범죄 사건을 해결하고 융프라우 철도 개설 100주년을 기념하다."

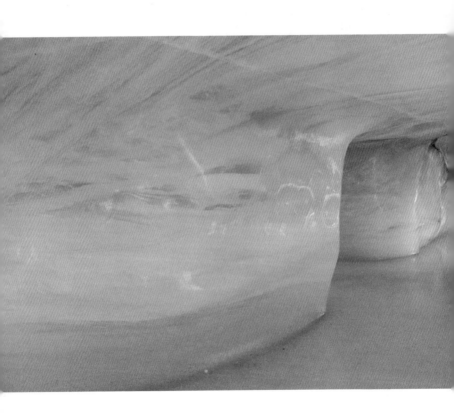

이런, 2012년 9월에 열린 이벤트였군. 어쨌든, 아직 셜록 홈스가 실존 인물이 아니라는 증거가 확인된 것은 아니다. 여전히 셜록 홈스의 실존을 믿는 셜로키언들이 있는 한, 그가 그저 소설 속 캐릭터에 불과하다는 확증을 잡을 때까지는, 수사를 계속해 나가야 한다. 얼음동굴 바깥으로 나오니 셜록 홈스가, 그리고 코난 도일이 걸었을 융프라우 정상 산길의 푸른 하늘과 하얀 구름, 구름보다 흰 눈들이 눈에 가득 찬다. 산악 기차를 타고 내려와 밟은 인터라켄의 녹색 잔디와 붉은 꽃이 오히려 비현실적으로 느껴진다.

자, 이제는 어디로 가야 할까? 그때, 휴대폰의 이메일 알람이 삐릭 하는 소리를 낸다. 'followsherlock'이라는 아이디를 쓰는 어떤 익명의 셜로키언이다. "친애하는 한국의 셜로키언 표창원 박사, 이렇게 갑자기 연락드리는 것을 부디 양해해 주시기 바랍니다. 귀하도 익히 알고 있다시피 우리 셜로키언 네트워크는 세계 곳곳에 신경망처럼 뻗어 있습니다. 셜록의 흔적을 쫓는 귀하의 용기와 지혜에 감탄하면서 찬사를 드립니다. 아울러 작은 정보를 하나 드릴까 합니다. 지금 계신 인터라켄에서 615km 떨어진 프랑스 도시 그라스Grasse에서 의문의 연쇄 살인 사건이 발생했다고 합니다. 혹시 그곳에서 셜록의 흔적을 발견할 수 있지는 않을까요? 다른 정보가 있을 때 또 연락드리겠습니다. 당신을 존경하는 'followsherlock'."

추적

프랑스 그라스 Grasse, France
세계 향수의 수도에서 연쇄 살인범을 쫓다

그라스

향수⋯ 생산⋯ 최대의 도시 그라스⋯ 그루누이는 냉정한 시선으로 그라스를 내려다보았다⋯ 인간의 냄새 그 자체는 그에게 아무런 관심거리도 아니었다⋯ 그가 원하는 것은 '특별한 사람들', 즉 아주 드물지만 사람들에게 사랑을 불러일으키는 그런 사람들의 냄새였다. 그 사람들이 바로 그의 제물이었다⋯ 어느 장미화원에서 열다섯 살 난 소녀가 벌거벗은 시체로 발견되었다⋯ 그는 기분이 아주 좋은 상태였다⋯ 스물네 개의 작은 향수병에 담긴 스물네 명의 소녀의 체취가 상자에 담겨 있었다⋯ 스물다섯 번째의 에센스, 가장 귀하고 중요한 그 에센스를 그루누이는 오늘 가져올 생각이었다⋯

《향수, 어느 살인자의 이야기》, 파트리크 쥐스킨트, 열린책들, 제35-44장에서

왜 그라스일까?

셜로키언 'followsherlock'은 왜 '그라스'를 내게 추천했을까? 내 기억이 맞다면, 코난 도일의 셜록 홈스 시리즈 어디에서도 프랑스 남부 지중해 연안의 분지 도시인 그라스가 언급된 적이 없다. 다만, 1891년 5월 4일 라이헨바흐 폭포에서 모리아티 교수를 안고 추락한 이후, '바스커빌가'에서 벌어진 끔찍한 사건을 해결하기 위해 다시 나타날 때까지 셜록 홈스가 사라졌던 그 '의문의 공백' 시기의 흔적이라면 큰 의미가 있다. 셜록 홈스라면, 그 '의문의 공백' 중에도 사건을 수사하고 해결하려고 하지 않았을까?

그라스… 왠지 낯이 익다. 아, 가방 속에 들어 있는 책들 중 하나인 소설책 《향수, 어느 살인자의 이야기》(독일 작가 파트리크 쥐스킨트 Patrick Süskind 저)의 배경 도시가 아닌가.

프랑스 파리에 있는 한 허름한 시장 좌판에서 생선을 다듬어 팔던 어머니가 선 채로 낳아 생선 내장들이 담긴 통에 던져 넣었던 아기, '장 바티스트 그루누이'. 그의 어머니는 그 전에 4명의 아기를 사산하거나 조산으로 잃었는데, 그루누이 역시 그러겠거니 생각하고 무심하게 생선 찌꺼기처럼 던져 버렸다. 하지만 그루누이는 힘차게 울음을 터트렸고, 그의 어머니는 체포되어 '영아 살해죄'로 사형당하고 만다. 2006년에 발생했던 '서래마을 프랑스 부부 영아 살해 유기 사건'이 생각난다. 집에서 낳은 갓난아기를 살해한 뒤 냉동고에 유기하고는 프랑스로 도망갔던 쿠르조 부인. 한국의 과학수사 수준을 우습게 알던 그녀는 자신의 아기가 아니며, 모함을 받고 있다고 주장했었다. 결국 우리 국과수의 유전자 검사 결과가 프랑스 과학수사 기관의 검사 결과와 정확하게 일치하면서 프랑스 법정에서 유죄 판결을 받았다. 그 사건을 계기로 살펴보니 프랑스에선 영아 살해 유기 사건이 무척 많이 발생하고 있다는 것을 알 수 있었다. 주로 '산후우울증'이 원인이라는 내용을 담은 연구 논문이 많이 발표되고 있었다.

아무튼, 그루누이는 '냄새가 없는 아이'로 태어난다. 그리고 세상 어느 누구도 갖지 못한 특별한 재능, '냄새로 모든 것을 파악해 내는 능력'을 타고났다. 각종 생물과 무생물과 자연의 향기를 수집하고 모방해 내는 방법과 기술에 몰두하던 그루누이는 결국, '사람의 냄새'를 갖고 싶어 한다. 그 '냄새'를 빼앗기 위해 사람들을 살해한다. 특히, 좋은 냄새를 가진 여성들을. 파리에서의 '냄새 사냥'에 한계를 느낀 그루누이는 '세계 향수의 수도' 그라스를 향한 최후의 여정을 시작한다. 7년간에 걸친 여행과 모험 끝에 칸Canne에 다다른 그루누이는, 좁은 오솔길을 걸어서 그라스에 도착한다.

일단 그루누이의 행적을 쫓아가 보자. 칸 해변까지 간 후에, 북쪽 내륙으로 향한 도로를 따라 그라스에 도착하는 거다. 지중해, 에메랄드

빛 바다, 칸 국제영화제… 좋다. 하지만 지금은 내게 별 의미가 없다. 다만, 연쇄 살인마인 장 바티스트 그루누이가 이곳에 도착해 맡았을 냄새, 그라스로 향하는 걸음걸음마다 떠올렸을 생각과 이미지들, 그리고 그를 추적했을지도 모를 셜록 홈스의 흔적을 찾는 첫 단서 역할을 할 뿐이다.

'향수비'가 내리는 그라스

저기가 바로 그라스다. 알프스 산맥의 끝 부분이 지중해와 만나기 전
즈음에, 움푹 팬 분지 위에 형성된 도시. 이 언덕길에서 바라다보이
는 그라스의 전경은 전체가 하나의 성채 같은 느낌을 준다. 짙은 녹
음에 살짝 가려진 오렌지색 건물들의 군집. 고풍스러운 기와 지붕과
작은 창들이 연쇄 살인마 그루누이가 코를 킁킁거리며 냄새를 따라
사냥감을 찾아다니던, 18세기 당시 모습 그대로라고 소리치는 듯하
다. 물론, 지금은 당시와 달리 도로를 달리는 차들과 상점들, 표지판
들, 간판들이 들어서 있다. 아마 18세기풍 외관을 유지하고 있는 저
건물들 내부에도 전기와 수도, 냉난방 등 현대적인 리모델링이 되어
있을 것이다.

'그루누이'라는 이름은 불어로 '개구리'를 뜻한다. 그의 얼굴 생김이 개구리를 닮았다는 뜻이다. 자신의 몸에서는 어떤 체취도 풍기지 않지만, 원하는 냄새를 만들어 전혀 들키지 않은 채 사람들 사이에 스며들 수 있는 그루누이. 그를 찾아내는 것은 결코 쉽지 않은 일이다. 더구나, 그는 자신의 근처에 있는 모든 사람의 냄새를 맡아 그들의 직업이나 성격, 특성, 목적이나 심리, 방금 한 일까지 알아내는 '(후각) 프로파일러 살인범' 아닌가? 그는 아마 셜록 홈스나 내가 그의 곁에 가까이 가면 냄새를 통해 바로 알아낼 것이다. 혹시, 변장의 달인 셜록 홈스라면, 그루누이의 재능을 간파하고 자신의 냄새를 숨기거나 감출 수 있었을 지도 모르겠다.

그들의 흔적을 찾기 위해 그라스 전체를 일주하는 순환기차에 올라탔다. 18세기에 만든 좁은 골목길과 건물들, 그리고 사람들 사이를 마치 묘기 부리듯 질주하는 노란색 순환기차에서는 그라스의 구석구석을 간편하게 수색해 볼 수 있다. 저 사람들 중에 그루누이가 있는 것은 아닐까? 그리고 그의 주위 어딘가에 셜록 홈스가 전혀 다른 모습, 다른 냄새로 변장한 채 그를 지켜보고 있을지도….

이런 주마간산식 수색으론 결코 환경에 따라 보호색을 바꾸는 개구리, 그루누이를 잡을 수 없다. 변장의 달인인 셜록 홈스 역시 마찬가지다. 기차에서 내려 골목 구석구석, 건물 으슥한 귀퉁이마다 꼼꼼하게 들여다봐야 한다.

마을 안으로 들어선 순간, 사방에서 강한 향기가 몰려온다. 여긴 실내도 아닌, 거리 한가운데로서 완전히 열린 공간이다. 그런데 어떻게 이 열린 공간, 넓은 광장 전체에 이렇게 강한 향기가 가득 차고 넘칠 수가 있는 것일까? '향수의 달인', 그루누이의 짓일까? 그때, 갑자기 마치 수백 마리의 뱀이 한꺼번에 몰려 온 듯, 쉬-익, 쉬-익 소리가 났다. 어디지? 등 뒤, 오른쪽, 왼쪽, 발 아래… 모두 아니었다. 다시 쉬-익, 쉬-익 소리가 났다. 아, 머리 위다. 마치 전깃줄처럼 도시 전체 하늘에 걸쳐 있는 줄은 사실 '향수관'이었다. 그 하늘 위 향수관에서 향수가 나와 비처럼 사람들 머리 위로 쏟아져 내렸던 것이다.

비, 향수비. 세상에 이런 곳도 있었구나.

〈하늘에서 음식이 내린다면*Cloudy With A Chance Of Meatballs〉이라는 애니메이션 영화가 있었다. 하지만 그건 만화 영화 속의 얘기일 뿐이다. 하지만 이곳 그라스에서는 정말 하늘에서 향수가 비처럼 내린다. 감동이다. 세상에 또 이런 곳이 있을까? 한참을 넋 놓고 하늘을 쳐다보다 목이 아파 고개를 숙였다.
향수비 때문에 잠시 잊었던 목표가 떠올랐다. 그루누이, 24명의 꽃다운 소녀를 살해하고 그녀들의 생명의 에센스인 향기를 훔쳐간 살인마. 그가 마지막 25번째 살인을 하기 전에 잡아야 한다.

---

*〈하늘에서 음식이 내린다면Cloudy With A Chance Of Meatballs〉 2009년 개봉된 SF/판타지 애니메이션 영화. 론 바렛의 소설 《하늘에서 음식이 내린다면》을 원작으로 한다.

세상에서 가장 아름다운 향기를 지닌 소녀, 불타는 듯한 빨강머리의 소유자 '로르 리시.' 그녀의 아버지는 정체 모를 살인마가 딸을 노린다는 것을 온몸으로 느끼고는 필사적으로 피신한다. 북쪽 그루노블로 향하는, 시끌벅적한 행차를 한 뒤, 본진은 그대로 북으로 보내고 자신은 남몰래 변장한 딸과 하녀만 데리고 슬그머니 남쪽으로 향한다. 살인마를 완벽히 속였다는 '착각'을 하고. 살인마 그루누이가 눈이나 귀가 아닌, 코, 후각만으로 모든 것을 알아낸다는 사실은 까맣게 모른 채.

늦기 전에, 지중해 해안 마을 라 나풀La Napoule로 달려가야 한다. 아마 셜록 홈스가 이곳에 있다면, 그도 나와 같은 생각을 할 것이다. 향수비가 내리는 도시 그라스를 벗어나는 길목엔 유명한 '향수 장수' 동상이 서 있다. 그리고 마치 그루누이처럼, 로르 리시처럼, 향수 샤워의 향기 치료를 받으려는 사람들이 비치체어에 줄지어 누워 있는 정원을 지나야 한다.

마지막 살인의 현장, '라 나풀La Napoule'

칸의 남서쪽, 신비한 작은 해안 마을 '라 나풀'. 그라스에서 차로 20분 정도 달리면 닿을 수 있는 곳이다. 빠른 속도로 차를 몰아 서둘러 도착했다. 아무도 없는 지중해 해변 백사장의 고운 모래들이 슬프도록 아름답다. 부드러운 해풍에 밀려 넘나드는 마음 약한 파도들, 작은 항구를 가득 메운 어선과 요트들. 이 아름다운 곳에서, '천사'나 '성녀'로 칭송받던 완벽하게 아름다운 소녀 '로르 리시'를 살해하려 하다니…. 그것도 무자비하게 몽둥이로 뒤통수를 내리치는 잔혹한 수법으로.

리시 일행이 살인마를 따돌렸다고 방심한 채 묵었을 여관이 이 쯤 어디일 것이다.

이곳저곳을 떠도는 무두장이 노동자로 가장한 그루누이는 리시 일행이 묵은 여관의 마구간 짚더미 위에 웅크려 누워 자는 체 하며 적절한 범행 기회를 엿보고 있었다. 너무나도 아름다운 곳에서, 너무나도 아름다운 희생자를 향해 뻗은 가장 추악한 살인마의 잔혹한 마수. 그리고 그 추악하고 잔혹한 살인마를 오히려 궁극의 아름다움으로 승화해 묘사한 작가, 파트리크 쥐스킨트. 일반적인 윤리와 관행, 상식과 틀을 완전히 무시한, 참으로 묘한 매력을 갖춘 작품이다.

자신의 냄새를 조작해 누구의 주목도 받지 않고, 누구에게도 기억되지 않은 채 범행을 저지르고 유유히 사라지는, 특이한 능력을 가진 그루누이. 하지만 마지막 피해자 '로르 리시'에 대한 사람들의 진심어린 추모의 마음은 결국, '전혀 주목받지 않는 모습의 키가 작고 마른 체격에 다리를 저는 남자'라는 목격자들의 공통된 진술을 이끌어 내게 되고, 이는 결국 그의 체포로 이어진다.

혹시, 그 과정에서 셜록 홈스의 추리가 은밀한 도움을 준 것은 아닐까? 곧이어 그라스에 있는 그루누이의 오두막에서 피해자들의 머리카락과 옷들이 발견된다. 그리고 취조와 재판이 진행된 뒤 그루누이는 교회 앞 광장에서 공개 처형을 당하게 된다. 아니, 처형당하는 것으로 예정되어 있었다. 하지만 그루누이가 25명의 순결한 소녀에게서 탈취한 향기들을 조합해 만든 '최고의 향수'는 처형을 보기 위해 광장에 모인 사람들을 모두 일순간 성욕의 노예로 만들어 버리고 만다. 최고의 반전이며, 역대급 음란, 몽환의 절정을 보여주는 바로 그 장면. 그 장소를 찾아 다시 그라스로 갔다. 이곳이 바로 그 교회, 그리고 광장이다.

그런데 셜록 홈스의 흔적은?

《향수, 어느 살인자의 이야기》, 그 실제 현장인 그라스가 주는 감흥은 비교할 대상을 찾기 어려울 정도로 강렬하다. 하지만 내가 떠나 온 목적은 그것이 아니지 않은가? 그라스 어디에서도 셜록 홈스의 뚜렷한 흔적은 찾을 수 없었다. 게다가 그라스에서 벌어진 기묘한 연쇄 살인 사건, '장 바티스트 그루누이'의 향기와 향수의 광란은 18세기, 셜록 홈스의 시대로부터 100여 년 전의 일이다. 1891년 5월 4일, 라이헨바흐 폭포에서 실종된 이후의 행적이라고 볼 수는 없다.

'followsherlock', 넌 왜 날 이 머나먼 지중해, 프랑스 남부의 구석으로 오게 만든 것이냐? 그 순간, 다시 스마트 폰의 이메일 수신 알람이 울렸다. 그 녀석이었다.

"존경하고 친애하는 표창원 박사, 지금쯤 날 원망하고 의심하는 마음이 생겼으리라 짐작합니다. 부디 용서해 주시기 바랍니다. 제 노력으로 찾지 못한 셜록의 흔적을, 저보다 능력이 훨씬 뛰어난 당신이라면 찾을 수 있을 것이라 믿어 의심치 않았기에 당신을 그라스로 초대하였습니다. 결국 당신이 찾지 못했다면, 셜록은 이곳에 들르지 않은 것이 확실합니다. 이왕 이곳까지 오셨으니, 한 곳만 더 조사해 주시면 더없이 감사하겠습니다. 그곳의 지명은 '라꼬스테Lacoste.' 이곳 그라스로부터 239km 떨어져 있으니, 2시간 남짓 운전해 가면 닿을 수 있습니다. 영원한 당신의 추종자, followsherlock."

가까이에서, 날 관찰하고 감시한다는 것이 분명하다. 정체와 의도는 쉽게 파악할 수 없을 듯하다. 이럴 땐 흐름을 그대로 따라가는 게 답이다. 긴장을 늦추지 않은 채, 녀석이 제안하는 대로 따라가 보자. 그러다 보면 단서가 잡힐 것이다. 한 번의 사건을 분석해 범인의 특성을 파악해 내기는 무척 어렵다. 하지만 연쇄 범행을 저지르는 범인의 경우, 그 MO(범행 수법)와 Signature(억누를 수 없는 욕구와 충동의 발현인 독특한 흔적)를 포착해 낼 수 있다. 그러면, 프로파일링을 할 수 있게 된다. 다시 차에 올라 시동을 걸었다. 라꼬스테를 향해.

함정

프랑스, 라꼬스테Lacoste, France
가학적 음란증 '새디즘Sadism'의 원조, 사드 후작의 성

라꼬스테

1763년, 파리 집창촌의 성 매매 여성들이 연이어 경찰에 가학 행위 피해를 신고했다. 가해자는 바로 '사드 후작'이었다. 경찰은 성 매매업 종사자들에게 '사드를 조심하라'는 경고를 전했지만, 그의 폭행은 지속되었다. 이후 사드는 경찰에 체포되어 여러 차례 구금된다. 결국 사드는 경찰의 단속을 피해 라꼬스테에 있는 자신의 성으로 도주한다. 그곳에서 수많은 여성과 소녀와 남자 하인이 사드의 '상상을 초월하는 성적 학대'에 시달리게 된다. 그중에는 사드의 처제도 포함되어 있었다. 분노한 사드의 장모는 왕에게 청원해 재판 없이 사드를 체포, 무기한 구금하는 '특별 명령lettre de cachet'을 받아내게 된다. 사드에 대한 응보가 시작된 것이다. '성, 섹슈얼리티'를 표현한 수많은 작가와 예술가가 '사드'에게 매료되었다… 사드의 자손들은 그의 생애와 작품들을 치욕스러운 스캔들로 여기고 부끄러워했다… 사드 사후에 그의 큰 아들은 사드의 작품 대부분을 불태워 버렸다.

《The Marquis de Sade: a Life, Knopf》, Neil Schaeffer, 1999 중에서

라꼬스테성Château de Lacoste, 사드Sade의 아지트

라꼬스테Lacoste라… 언뜻 떠오르는 것은 녹색 악어를 상표로 쓰는 프랑스 의류 브랜드다. 설마? 넓은 초원과 푸른 산, 파란 하늘과 하얀 구름이 끝없이 펼쳐진 도로를 달리며 기억의 저장고를 뒤져봤지만 다른 건 떠오르지 않는다. 그나저나 프랑스는 무척 축복받은 나라다. 땅덩이도 크지만, 드넓은 평야와 높은 산, 아름다운 해안, 포도와 올리브와 감자 등 각종 작물과 과일이 잘 자라는 온화한 기후…. 물론, 그런 자연환경을 잘 보존한 프랑스인들의 노력과 인류 문명을 선도해 온 예술과 문화, 철학과 사상은 존경받을 만하다. 하지만 영국인들은 프랑스 문화와 프랑스 사람들이 기괴하고, 품격이 낮으며, 이기적이고, 혼란스럽다고 조롱한다. 그런 영국인들도 프랑스 명품과 요리, 패션에 군침을 흘리는 이중성을 드러낸다. 우리가 이웃 일본이나 중국을 대하는 태도와 닮았다. 아무튼, 목적지인 라꼬스테에 대해 알아보기 위해서는 구글링(인터넷 검색)을 좀 해봐야겠다는 생각이 들었다. 마침 고속도로 휴게소 표지가 보였다.

Lacoste… 역시 가장 먼저 뜨는 게 의류 브랜드다. 프랑스의 전설적인 테니스 스타로 '코트 위의 악어'라는 별칭을 얻었던 '쟝 르네 라꼬스테'가 만든 회사다. 하지만 그는 파리에서 태어나 평생 파리 주변에서만 살았다. 지금 찾아가는 프랑스 남동부 마을 라꼬스테와는 관련이 없다.

그다음… 어라? 새디즘, 변태, 가학적 음란증의 원조 '사드 후작 Marquis de Sade'의 성이 있는 곳. 바로 이곳이다. 'followsherlock'이라는 닉네임을 쓰는 이 자는 셜록 홈스와 사드가 무슨 관계가 있다고 나를 이곳으로 이끄는 것일까… 어쨌든 호기심이 발동했다.

'사드'라니…. 나는 영국에서 석사 과정을 밟고 있던 1990년대에 '사드 후작'에 대한 범죄심리학 리포트를 쓴 적이 있다. 그 파일이 하드 디스크 어딘가에 있을 텐데…. 당시 도서관에서 자료를 뒤져 찾고 읽으며 느꼈던 흥미와 충격, 놀라움의 기억들이 되살아난다.

이제, 그 현장으로 가 보자.

라꼬스테는 산골짜기 시골 마을이다. 굽이굽이 숲 사이로 난 좁은 오솔길을 따라 들어가니 오랜 유적지의 흔적이 나타난다. 버려진 폐허 같다. 여긴가? 역시 자유를 숭상하고 문화와 예술을 사랑하는 나라 프랑스에서도 불순하고 불쾌하고 음란하며 가학적이고 범죄적인 '사드'의 흔적은 보존될 수 없는 것일까? 가까이 다가가니 고색창연한 유적에 어울리지 않는 총천연색 표지판 하나가 붙어 있는 것을 볼 수 있었다. 무엇일까? '피에르 가르뎅Pierre Cardin 라꼬스테 축제', 돈 죠반니Don Giovanni 등 오페라와 연극 등의 공연 일정이 적혀 있다.

그런데 지금은 그 축제 기간이 아니어서 일반에 공개되지 않고 있는 듯 했다. 철문으로 굳게 닫힌 유적의 내부를 들여다보며 기웃거리고 있는데 등 뒤에서 누군가 다가오는 인기척이 느껴졌다.

"봉쥬르~" 마치 노년의 알랭 들롱('20세기 최고의 미남'으로 불렸던 프랑스 배우)을 연상케 하는 풍모의 관리인이었다. 영어가 서툰 그에게 사드 후작의 흔적을 찾으러 왔다고 하자 그는 영어와 불어를 섞어가며 온 정성을 다해 설명해 준다. 나는 1/3 정도만 알아들을 수 있었다. 그에게 이끌려 따라 간 언덕에서 내려다 본 모습은 옛 '사드성'의 흔적을 그대로 살린 야외 공연장이었다.

상상력을 동원해 이 유적이 원형 그대로였을 당시 사드의 기행을 떠올려보려 했지만, 내 안의 윤리의식이 급제동을 걸어버린다. 로맨스 그레이 관리인에게 멀리 한국에서 찾아왔는데 폐허만 보고 가게 돼서 아쉽다고 했더니 손사례를 치며 아니라고 한다. 그리곤 "진짜 사드의 성은 저 위에 있다"며 손가락으로 방향을 일러준다. "위? 트레 비앙. 메르시 보꾸(정말이요? 아주 좋습니다, 정말 고맙습니다.)" 나는 알고 있는 불어를 총동원해서 감사 인사를 한 뒤 다시 차에 올랐다.

피에르 가르뎅이 '사드의 성'을 인수한 이유는?

그래, 이 정도는 돼야 '사드의 성'이라고 할만 하지. 언덕 위, 하늘과 맞닿아 있는 땅 끝에, 웅장한 자태를 뽐내는 요새가 있었다.

그 좌우에는 그로테스크한 분위기를 자아내는 청동 조각상이 자리 잡고 있다. 매표소에서 입장권을 산 뒤 안으로 들어갔다. 역시, 다리를 건너자마자 처음 만나는 것은 성적인 욕구와 행위를 묘사한 '음란한 조각상'이다. 하지만 조각상을 지나자 프랑스 중세풍 성채의 고색창연한 아름다움이 다가선다. '어라, 이건 뭐지? 중세 성채의 경내에 총천연색, 초현대적 동물 조각들이 배치되어 있는 것이 아닌가?

혹시 앞서 들렀던 공연장 안내문에 붙어 있던 세계적인 디자이너 '피에르 가르뎅'과 관련된 것일까? 마침 입구에 사무실이 있었고, 그곳에서 큐레이터를 만나 이야기를 들었다. '라꼬스테성'은 11세기에 지어진 후 여러 주인을 거쳐 1627년 '사드' 가문이 소유하게 되었고, 1766년에 사드 후작이 사설 공연장을 지어 자신이 만든 음란한 연극과 가극들을 공연했다. 사드는 1769년부터 1772년까지 3년간 줄곧 머물면서 악명 높은 가학적 음란 행위들을 했다. 그의 장모와 마을 사람들은 그를 고발했고, 이 때문에 사드는 그 후 교도소와 정신병원을 전전해야 했다. 이후 '사드성'은 프랑스 혁명 때 성난 군중에 의해 파손되었고, 제2차 세계대전 중에는 히틀러에 항거하는 '레지스탕스(저항군)'의 근거지로 사용되었다. 1952년 앙드레 보이어 André Bouer라는 대학 교수가 인수한 뒤 전 재산을 들여 성을 재건하였다.

하지만 세상은, 2001년 세계적인 디자이너 피에르 가르뎅이 성을 인수하기 전까지는 라꼬스테성을 잊고 있었다. 피에르 가르뎅은 사드의 성 뿐 아니라 라꼬스테마을의 집과 건물 22채를 사들여 대대적인 리노베이션을 한 뒤 공연장, 현대적인 미술관, 카페, 숙박 시설 등으로 개조했다. 그리고 매년 여름 대대적인 음악 축제를 개최했다. 그는 라꼬스테에 총 3천만 달러(300억 원) 이상의 비용을 쏟아 부었다. 그는 라꼬스테에 아무런 연고도 없었고, 사드 집안과도 아무 관계가 없었다. 단지 15~16세기 모습을 그대로 유지하고 있는 라꼬스테의 고색창연한 아름다움과 '표현의 자유'의 대명사인 '사드'가 좋아서 라꼬스테에 대대적으로 투자한다고 밝혔다. 하지만 과거 사드에게 그랬던 것처럼, 라꼬스테 마을 사람들의 절반은 피에르 가르뎅을 비난하고, 그의 투자와 리노베이션을 막기 위해 트랙터 시위를 벌이기도 했다. '천박한 자본주의자가 돈으로 수백 년 이어 온 라꼬스테의 전통과 관습, 그리고 공동체를 파괴하고 있다'는 것이 그들의 반대 이유였다. 큐레이터는 내게 고풍스런 성 내부에 전시된 초현대적인 동물 조각들을 어떻게 생각하느냐고 물었다. 난 신선하고 좋은 느낌이었다고 답했다. 그녀는 환한 미소를 지으며 자신도 같은 생각이라고 했다. 하지만 라꼬스테 주민의 절반은 전혀 다른 생각을 가지고 있다고 한다.

피에르 가르뎅*은 라꼬스테에서 '현대판 사드' 취급을 받고 있는 듯했다. 2018년 현재 96세인 피에르 가르뎅이 사망한다면, 라꼬스테와 '사드의 성'은 어떻게 될까? 큐레이터에게 감사 인사를 한 뒤 성안으로 들어갔다.

---

*피에르 가르뎅Pierre Cardin(1922. 7. 22.~) 이탈리아 출신의 프랑스의 패션 디자이너. 1950년, 본인의 이름을 딴 패션 브랜드를 창립했다. 한때 프랑스 개인 소득세 납부자 1위에 오를 정도로 금전적인 성공을 거두었다. 이후 브랜드 이미지 관리에 실패해 브랜드가 한물간 것으로 평가받을 정도로 브랜드 가치가 하락하였다. 2016년부터 브랜드 리뉴얼을 통해 부활을 시도하고 있다. 한국에서도 의류와 가방뿐만 아니라 타올, 우산 등 기념품, 판촉물로도 친숙한 브랜드로 자리 잡고 있다.

성 안에 남아 있는 사드의 체취

두터운 나무문을 밀고 들어가니 아늑한 실내 공간이 나온다. 중세 시대 그대로의 느낌이 나는 석벽과 목재 문과 의자가 보인다. 피에르 가르뎅의 손길이 닿은 예술적인 채광창으로는 밝은 빛이 쏟아져 들어온다. 나선형 돌계단을 돌아내려가 처음 만나는 벽에는 상아칼로 누군가의 목을 치는 섬뜩한 그림이 걸려 있다. 접견실 내지는 응접실로 보이는 방에는 사드의 초상화와 오래된 그림들, 가구와 조각품들이 예술적으로 배치되어 있다.

그런데 방의 한가운데에 커다란 구멍이 뚫려 있고 투명 플라스틱으로 봉해져 있다. 다가가 자세히 들여다보니 지하 감옥, '던전dungeon'으로 향하는 입구다. 아마 사드가 자신의 피해자들을 감금하거나 고문하던 곳이리라. 눈을 들어 보니 성 욕구와 가학성을 표현한 조각물들이 도처에 널려 있었다. 1769년, 사드가 일자리를 준다며 유인해 감금한 뒤 갖은 성적 학대를 가하던 가련한 여인 '로즈 켈러Rose Keller'. 성 밖으로의 탈출을 간절히 갈구하던 그녀의 시선으로 창밖을 본다.

아무리 사드의 '표현의 자유', '위선적인 귀족사회에 대한 반발', '고루한 관습과 도덕률의 타파', '신성에 대한 도전'을 이해하려고 노력해 봤지만, 그의 냉혹하고 음욕에 가득 찬 손아귀에서 고통과 절망을 견뎌내야 했을 수많은 피해자가 떠올라, 도저히 용납되지 않는다. 그런데 그가 프랑스 혁명에 참가해 극좌 진영을 이끌며 '프롤레타리아 혁명Proletarian revolution'을 주창했다고 해서 시몬느 드 보봐르Simone de Beauvoir 등 일부 진보 사상가는 사드를 '최초의 이상론적 사회주의자'로 평가한다. 라캉Lacan 등 정신분석학자들은 사드가 지그문트 프로이드Sigmund Freud의 리비도libido이론에 영향을 미쳤을 가능성이 있다고 봤다. 심지어 안젤라 카터Angela Carter나 수잔 손택Susan Sontag 등 일부 페미니스트마저 사드가 쓴 가학적 음란물들에 대한 검열과 규제에 반대한다고 주장했다.

하지만 사드는 성폭행과 음란물 저술과 신성 모독(교회와 신을 부정하고, 악마와 성욕을 신봉한다고 주장)을 범한 죄로 체포와 구금, 정신치료 명령을 받은 범죄자다. 사드는 자신을 범죄자, 정신병자로 취급한 세상에 대해 이렇게 말했다. "모든 것에 대해 반발하며, 분노하고, 거부하며, 극단을 추구해 온 나는 세상에 존재해 온 어느 누구와도 달리, 도덕적 상상력에 혼란을 불러일으켰다. 그런 나를, 너희들은 껍질 안에 가둬두었다. 한 마디만 더 하마. 나를 있는 그대로 받아들이거나, 그렇지 못할 바엔 차라리 날 죽여라. 왜냐하면, 난 결코 변하지 않을 것이기 때문이다."

무거운 마음을 부여잡은 채, 성 밖으로 나왔다. 사드의 머리가 창살에 갇힌 모습을 형상화한 동상이 눈에 들어온다. 다른 쪽에는 사드의 두 팔이 떨어져 나와 하늘을 향해 활짝 벌어져 있다.

MARQUIS DE SADE

'사디즘'에서 빠져나와 '셜록'을 찾아서!

정치적으로는 칼 마르크스Karl Marx, 성적 표현에 있어서는 미국 포르노 잡지 '허슬러Hustler'의 발행인인 래리 플린트Larry Flynt의 조상 격인 사드. 정치와 성에 있어 무한한 '표현의 자유'를 상징하는 사드. 피에르 가르뎅Pierre Cardin 역시 그의 추종자가 된 듯하다. 하지만 범죄 심리와 수사의 세계에서 '사드'와 '사디즘'은 용서받지 못할 범죄이자 가해 행위다. 1960년대 영국에서 어린이들을 잔혹하게 고문하고 살해한 연쇄 살인범 커플 이안 브래디와 마이라 힌들리는 '사드'에 매료된 나머지 그의 생각과 행위들을 따르기 위해 범행했다고 주장했다.(영국 일간지 The Independent, 1998년 8월 15일)

우리나라를 포함한 세계의 다른 연쇄 살인범들 역시, 사드를 모르거나, 그를 따라하지 않았다 해도, 가학적 성폭력과 살인마저 '자유'의 의미 속에 구겨 넣으려 한다는 점에서는 같다. 권력자, 정치인, 부자들이 약자들의 성을 사고, 유린하고, 비단 성이 아니라 해도 그들의 인격과 권리와 노동과 자유를 짓밟고 착취하며 우월감, 정복감과 쾌감을 느낀다면 그들 역시 '사디스트Sadist'라 할 수 있다. 비록 사드는 귀족과 기득권과 권력의 억압과 통제에 반대했지만.

그런데 지금 내가 뭘 하고 있지? 내 목적은 사라진 셜록 홈스를 찾는 것이다. 그라스의 '향수 살인마' 장 바티스트 그루누이에 이어 라꼬스테의 가학적 음란증의 대부, 사드에게로 날 유인해 낸 'followsherlock'. 그가 누군지 알 순 없지만, 그가 왜, 무엇을 하려는지 이제는 알겠다. 그는 라이헨바흐 폭포에서 왓슨을 셜록에게서 떼어 낸 모리아티처럼, 날 셜록의 흔적으로부터 멀리 떼어놓으려 한다. 아울러 내 마음을, 법과 정의의 상징인 셜록 홈스로부터 '악'과 '욕구, 충동'의 세계로 옮겨 놓으려 한다. 이쯤 되면, 그가 제시할 다음 행선지를 짐작할 수 있다. 유럽의 남동부, '악' 혹은 '악마'와 관련된 곳. 지리적 프로파일링을 해 보니, 프랑켄쉬타인의 탄생지, 스위스 '쉬옹성Château de Chillon', 그다음은 루마니아 '드라큘라성Castelul Bran'….

그렇다면, 내가 가야 할 곳은, 정반대로, 프랑스 북서쪽, 영-불 해협에 닿아 있으면서 셜록 홈스가 외로운 싸움을 하고 있을 만한 곳이다. 그렇다. '악의 미화', '악의 극화', '악의 합리화', '악의 낭만화'…. 프랑스 판 의적, 괴도 뤼팽Lupin의 근거지, '기암성'의 무대, '에트르타Étretat'. 이곳 라꼬스테로부터 922km 떨어진 곳이기에 차로 쉬지 않고 달려도 8시간 30분이 소요된다.

북북서로 진로를 돌린다. 슬프도록 아름다운 라꼬스테의 전원 풍경 사이를 달리자니, 사드성의 아름다움에 숨어 있는 피해자들, 그라스의 향기 가득한 풍경에 담겨 있을 그루누이의 피해자들이 떠올랐다. 나와 그들을 위한 위안이 필요하다. 마음이 한없이 가라앉는다.

습격

프랑스 에트르타Étretat, France
괴도 뤼팽의 근거지, 기암성을 습격하다

에트르타

바로 정면에, 거의 절벽과 같은 높이, 그러니까 한 80여 미터는 족히 될 것 같은 거대한 기암이 바다 저만치 우뚝 솟아 있는 모습이 눈에 들어왔다… 화강암 암반으로부터 맨 위 첨탑 모양의 뾰족한 끄트머리까지… 에트르타의 바위섬은 속이 비어 있는 것이다… 저 바다 한가운데 솟아 있는 신비의 왕국… '에기유 크뢰즈'… 저것이야말로 지상 최고의 난공불락을 자랑할 만한 기암성이 아니겠는가! … '뤼팽. 사실 당신은 더욱 중대한 위험에 직면해 있습니다. 셜록 홈스가 당신 뒤를 쫓고 있어요!'… 천하의 아르센 뤼팽의 눈에 눈물이라니! 사랑의 눈물이라니… 뤼팽… 셜록 홈스… 두 앙숙은 한동안 그렇게 서로를 노려보았다. 두 사람의 얼굴은 똑같은 증오의 빛으로 사정없이 일그러졌다. 그 자리에 그렇게 마주선 채, 둘은 꼼짝도 하지 않았다….

《기암성》, 모리스 르블랑Maurice Leblanc, 성귀수 옮김, 까치.

'followsherlock'은 '괴도 뤼팽Lupin'의 추종자

라꼬스테를 떠나 아비뇽Avignon을 지날 때, 다시 스마트폰 이메일 알람이 울렸다. 가까운 휴게소에 들러 메일을 확인했다. 역시 'followsherlock'이었다.

"친애하고 존경하는 표 박사, 사드 후작의 흔적 탐사가 유익했었기를 바랍니다. 역시 셜록의 흔적이 발견되지 않은 점은 무척 유감스럽게 생각합니다. 부디 넓은 마음으로 양해해 주시기를 바랍니다. 염치없지만, 다시 한 번 찾아가 보실 만한 곳을 추천해드린다면 쉬옹성 Château de Chillon입니다. 당신의 벗 followherlock."

예상대로 프랑켄쉬타인의 무대요, 메리 쉘리와 바이런의 흔적이 남아 있는, 또 다른 '악의 성지', 쉬옹성이다. 그런데 녀석은 한 가지 커다란 실수를 저지른다. 자신의 아이디를 'followherlock'이라고 쓴 것이다. 단순한 오타라고? 천만에. 《괴도 뤼팽》의 저자 모리스 르블랑이 자신의 작품에 셜록 홈스를 무단으로 출연시켜 폄하하고 농락하자 분노한 코난 도일이 법적 소송을 경고했다. 그러자 르블랑이 꼬리를 내린 뒤 뤼팽에게 당하기만 하는 영국 탐정의 이름으로 새로 내세운 것이 'Herlock Sholmes'다. 이는 성과 이름의 앞글자만 바꾼 꼼수였다. 'followsherlock', 아니 'followherlock'은 자신을 셜로키언이라고 위장한 채 마치 사라진 셜록 홈스의 흔적 찾기를 돕는 것처럼 가장했지만, 실제로는 괴도 뤼팽의 추종자로 마치 소설 속 뤼팽의 부하처럼, 위장과 기만으로 방해했던 것이다. 그렇다면, 프랑스 전역에 신경망처럼 뻗어 있을 뤼팽의 추종자들에게 반격을 가할 필요가 있겠다. 전혀 예기치 않게, 뤼팽의 아지트, 그 심장부를 습격하는 것이다. 일단, 이들을 안심시키기 위해 조금 길을 우회해 쉬옹성에 잠시 들르기로 했다. 어두운 밤, 쉬옹성의 사진을 찍어 이메일로 보내주면, 이들은 내가 이곳에서 밤을 지내고 다음 날 성의 내부를 조사할 것이라고 생각할 것이다. 그 사이, 난 밤길을 달려 에트르타를 습격할 것이다.

고속도로 휴게소 모텔에서 숙면을 취한 뒤 새벽길을 달려 《기암성》에서 뤼팽으로 추정되는 시체가 발견된 앙브뤼메지 수도원부터 들렀다.

세월의 흔적이 느껴지는 낡은 성벽 한 귀퉁이 아치형 입구로 들어서니 소설 속에서 묘사된 것처럼, 날개형 회랑으로 구성된 수도원 건물이 나타난다.

출입문으로 들어서 지하로 이어지는 계단을 내려가니
넓은 강당형 공간에 식탁 하나가 덩그라니 놓여 있다.
괴도 뤼팽의 만찬장인가?

다시 좁은 복도를 지나니 왼쪽에 작은 방이 나타난다. 아, 누군가 있다. 기도하는 수도사, 아니면 혹시 귀신? 흠, 수도사 모형의 인형이다. 사람 하나 없는 이곳의 버려진 수도원 건물 지하 공간에, 기도하는 수도사 모형의 인형이라니…. 겁이 많은 방문자라면 비명을 지를 수도 있겠다. 몸을 돌려 창살 밖을 내다 보니, 수도원 지하 납골당 공간에 숨은 채 자신을 찾기 위해 우왕좌왕하는 경찰과 하인들의 모습을 지켜봤을 뤼팽의 음흉한 미소가 느껴진다.

수도원을 나와 《기암성》의 모든 기묘한 일이 시작되는 앙브뤼메지성 le château Ambrumesail을 찾았다. 뤼팽이 4점의 루벤스 그림을 훔치고, 천사처럼 아름다운 레이몽드 양을 납치한 그 현장. 오래되고 웅장한 건물과 탁 트인 정원이 한눈에 들어왔다. 뤼팽의 흔적과 기운이 조금씩 느껴진다. 이제 소설 《기암성》 속의 소년 탐정 이지도르가 그랬듯이 노르망디 해안 지역 삼각형 세 꼭짓점에 해당하는 '루앙Rouen', '디에프Dieppe' 그리고 '르아브르Le Havre' 사이에 있을 괴도 뤼팽의 아지트, '에기유 크뢰즈L'Aiguille Creuse(비어 있는 바늘)'가 의미하는 의문의 장소를 찾아나서 보자.

세상을 지배할 '비밀의 힘'이 숨어 있는 곳, '에기유 크뢰즈'

낡은 수도원 지하 납골당의 부패한 시신에 자신의 옷을 입혀 마치 죽은 것처럼 위장한 뤼팽. 그의 수법을 배운 자가 있었으니 바로 '단군 이래 최대의 사기범'인 조희팔이다. 중국에서 자신의 모습을 닮은 시신과 장례식 장면 동영상을 촬영해 화장한 유골과 함께 한국에 보낸 그가 만약 살아 있다면, 그는 아마도 소설《기암성》속 괴도 뤼팽의 수법을 모방한 것이리라. 이것만이 아니다. 《기암성》속 뤼팽은 사고로 죽은 여성의 시신을 탈취한 뒤 자신이 사랑하는 여인 레이몽드 양의 팔찌를 손목에 끼워 바다에 던진다. 그 시신이 퉁퉁 붓고 부패한 뒤 해변에 밀려와 마치 레이몽드 양이 사망한 것처럼 꾸며 세상을 속인 것이다. 우리나라에서도 유사한 사건이 있었다. 속칭 '화차 살인'으로 불렸던, 시신 신분 위장 사건이다. 젊은 남자와 사랑에 빠진 여성이 돈으로 환심을 사기 위해 큰 빚을 진 뒤, 노숙인 쉼터에서 살던 여성을 유인해 살해하고는 자신이 사망한 것처럼 꾸며 화장을 했던 사건이다. 그녀는 자신의 사망 보험금을 타내는 과정에서 무심코 피보험자 란에 원래 자신의 것과 똑같은 사인을 했다가 적발되었다. 뤼팽은 그런 멍청한 실수는 하지 않는데…. 모방 범죄는 실패할 수밖에 없다.

뤼팽은 자신의 뒤를 쫓는 셜록 홈스와 가니마르Ganimard 형사를 납치한 뒤, 고등학생인 소년 탐정 이지도르Isidore가 비밀의 열쇠를 풀려 하자 그의 아버지마저 납치해 협박한다. 이 모두가 그의 본부, 아지트이면서 로마 황제 시저 이래 제국의 황제들이 세상을 지배할 힘을 숨겨둔 비밀의 장소인 '에기유 크뢰즈'를 들키지 않기 위해서였다. 하지만 이지도르와 셜록 홈스는 각기 다른 방식으로 뤼팽의 근거지를 밝혀내고야 만다. 그곳은 바로 아름다운 노르망디 해안 마을 에트르타였다. 에트르타 해변에서 왼쪽을 바라보면 멀리서 코끼리 모양의 절벽이 보인다. 바로 에기유 크뢰즈에 이르는 '하구의 문(포르트 다발)'이다. 포르트 다발의 아치 사이로 기둥 하나가 보일락 말락 한다. 혹시 저것이 바로 에기유 크뢰즈 아닐까? 일단 저 언덕 위에 올라가야 한다.

30분 남짓 가벼운 트레킹을 하니 드디어 정상이다. 오른쪽으로는 출발했던 해변, 왼쪽으로는 또 다른 아치형 절벽, '마네 포르트'가 그림처럼 펼쳐진다.

여기 어디쯤일 텐데… 찾았다. 바위 틈 사이에 난 작은 통로. 그 아래로 내려가니 《기암성》에서 묘사한 비밀 공간이 나온다. 정말 책 속에서와 똑같이 'D F' 두 글자가 새겨져 있다. 소년 탐정 이지도르는 이 글자를 밟고 선 채로 고개를 돌려 사각형 창 모양 구멍을 바라보며 비밀의 문으로 향하는 십자가를 찾았다. 책 그대로다. 과연 모리스 르블랑이 현장 지형을 그대로 묘사한 것인지, 아니면 에트르타 관광청이 책 속의 내용을 기술적으로 실현한 것인지 모르겠지만, 참으로 신기하고 오묘하다.

사각형 창 방향으로 더 멀리 내다보았다. 아, 바로 저것이다. 가로 줄이 선명한 흰색, 뾰족한 원통형 기둥. 바다 위에 우뚝 홀로 솟아 있는 거대한 바늘, '에기유 크뢰즈'다. 내부는 비어 있을 테고, 이곳에서 비밀 지하 통로와 해저 터널을 거쳐 찾아가면, 바닥부터 꼭대기까지 방마다 각종 보물과 진품 명화들과 고대로부터 내려 온 금은보화들이 가득 차 있을 것이다. 그리고 가장 높은 곳에는 아르센 뤼팽과 그의 부인인 마담 뤼팽이 사는 아늑하고 호화로운 특별한 공간이 나올 테지.

조금 각도를 달리 해보니 '포르트 다발'과 조화를
이룬 '에기유 크뢰즈'의 멋진 모습이 연출된다.

뤼팽은 자신을 체포하기 위해 가니마르가 이끄는 형사대가 바닥에서부터 에기유 크뢰즈를 올라오고, 바다에는 군함과 어선들이 에워싸고 있는 절체절명의 상황에서 기상천외한 방법으로 탈출에 성공한다. 하지만 도둑 생활을 청산하고 모든 재산과 금은보화를 버린 뒤, 오직 사랑하는 한 여인만을 위해 정직한 농부의 삶을 시작하려는 그 순간, 절벽 위 푸른 초원 그들의 보금자리에 찾아 온 셜록 홈스의 공격을 받는다.

괴도 뤼팽과 셜록 홈스, 두 라이벌 간의 최후의 격투 현장은 무척이나 평화롭고 아름다운 초원일 뿐이다. 물론, 셜록 홈스나 코난 도일, 셜로키언, 그리고 내게 이 설정은 억지이고 왜곡이며, 범죄에 가까운 사기다. 모리스 르블랑은 '프랑스식 유머'라고 변명하지만 당대 최고의 명탐정 셜록 홈스를 악용하고 왜곡하며 이용해 한낱 도둑에 불과한 뤼팽을 띄우려는 유치한 시도라고 할 수밖에 없다.
셜록 홈스는 실제로는 이곳에 오지 않았던 것이다.

괴도 뤼팽이 탄생된 곳, 모리스 르블랑의 집

뤼팽의 정체와 본색을 파헤치기 위해 가 봐야 할 곳이 한 곳 남았다. 바로 뤼팽을 만들어 내고 그 모든 이야기를 꾸며낸 작가, 모리스 르블랑의 집이다. 르블랑은 이곳 노르망디 지역 출신으로 에트르타에서 가까운 '루앙'에서 태어나 줄곧 노르망디에서 저술 활동을 했다. 특히, 괴도 뤼팽 시리즈를 저술하기 위해 이곳 에트르타에 있는 한 저택을 임차했다가 무척 마음에 들어 아예 사버렸다고 한다. 그 집을 찾아야 했다. 의외로 너무 쉬웠다. 에트르타 시내로 나오자 중심 도로 표지판 맨 위에 괴도 뤼팽의 그림과 함께 '모리스 르블랑의 집'으로 가는 방향이 표시되어 있었던 것이다. 스위스 마이링겐에 가면 어디에서든 '셜록 홈스 박물관'과 '코난 도일 광장' 방향을 알려주는 표지판을 볼 수 있는 것과 같다. 에트르타는 바로 '괴도 뤼팽 마을'이었던 것이다.

표지판을 따라가니 5분도 채 안 돼서 대문에 뤼팽의 그림과 안내문이 붙어 있는 '모리스 르블랑의 집'이 나왔다. 아늑한 정원 속에 분위기 있는 저택이 나온다. 내부로 들어가니 바로 뤼팽의 실루엣이 창문 안에서 날 지켜보고 있었다. 그대로 지나쳐 앞으로 가니 계단이 있어 위층으로 올라갔다. 거기에는 뤼팽이 변장할 때 입는 옷들이 있었다. 다음 층으로 올라가니, 그곳은 온통 기암성에 대한 전시물들로 가득 차 있었다. 모리스 르블랑이 기암성 내부를 묘사하기 위해 모형을 만들고 실내 설계도를 그린 작업 과정과 기암성 내부의 금은보화 등이 흥미롭고 현실감 있게 전시되어 있었다.

에트르타는 아름답고 흥미있는 '괴도 뤼팽의 마을'이다. 하지만 셜록 홈스에 대해서만큼은 허위와 왜곡과 악의적인 이용이라는 큰 결례를 범한 현장이다. 그 현장을 들키지 않으려고, 그리고 불법과 범죄로 점철된 뤼팽의 욕구와 충동과 이기심을 이해해 달라고, 'followsherlock', 아니 'followherlock'은 날 남동부 유럽에 묶어두고 싶어 했던 것 같다. 나는 더 이상 그가 나에게 이메일을 보내지 않을 것임을 안다.

이제 나는 셜록 홈스를 찾아 그의 나라 영국으로 간다. 1982년, '아시아의 물개' 고 조오련 선수가 수영으로 건넜던 '도버해협'. 페리 여객선에 몸을 싣고 그 도버해협을 건널 것이다.

암살

영국 캔터베리Canterbury, England
캔터베리 대주교 살인 사건의 현장

캔터베리

… 그 사악한 기사는 갑자기 토마스 대주교를 향해 뛰어 올라 그의 머리 위 신성한 제관을 칼로 내리쳤다. 바로 뒤이어 다른 기사가 대주교의 머리를 칼로 내리쳤지만, 그는 굳건히 버티고 선 채 미동도 하지 않았다. 세 번째 기사의 칼이 그의 몸을 파고 든 뒤, 대주교는 무릎을 꿇었고, 뒤이어 팔꿈치로 바닥을 짚었다. 곧이어 그는 아주 낮은 목소리로 이렇게 말했다. "예수 그리스도의 이름과 교회를 보호하기 위해, 난 죽을 준비가 되어 있다." 그 뒤 네 번째 기사의 칼이 대주교의 머리를 향했고, 두개골이 깨어지면서 그의 피가 뇌수에 의해 허옇게 물들고, 그의 뇌가 핏빛으로 빨갛게 변하면서 캔터베리 대성당의 바닥을 기묘한 색깔로 물들였다. 기사들을 대주교에게로 안내했던 수도사는 성스러운 목자요, 고결한 순교자였던 대주교의 피흘리는 목을 밟고 서서, 터져 나온 대주교의 뇌와 피를 바닥에 흩뿌리면서 이렇게 외쳤다. "기사들이여, 이제 달아납시다. 이 사람은 더 이상 일어서지 못할 것이오."

Abbot, Edwin A., St. Thomas of Canterbury (1898)... in Hollister, Warren C., Medieval Europe: a short history (1975) 중에서

도버해협Strait of Dover 판 '세월호 참사',
'헤럴드 오브 프리 엔터프라이즈Herald of Free Enterprise' 침몰 사고

영국, 브리튼Britain섬과 유럽 대륙 사이를 흐르는 도버해협, 가장 가까운 곳의 직선거리는 34km에 불과하다. 칼레Calais항의 비릿한 바다 내음과 갈매기 소리는 우리나라 인천 등 여느 대형 항구와 다를 게 없었다. 저 멀리 내가 탈 여객선, 'Pride of Kent'의 쌍둥이 배인 'Pride of Calais'가 입항하는 모습이 보인다. 1992년에 건조된 3만 톤급 페리 여객선 'Pride of Kent'는 1994년에 건조된 세월호보다 두 살이 더 많지만 지난 20여 년간 단 한 번의 사고도 없이 안전하게 운항되고 있다. 결국, 선령, 즉 배의 나이가 문제는 아니라는 얘기다. 항구 이곳저곳을 오가는 안전 관리 공무원과 항만 노조, 선사협회 관계자들과 선원들이 흘리는 성실하고 정직한 구슬땀이 해양 안전을 담보하는 것이다. 그리고 그 뒤에는, 제대로 된 법과 규정 및 이를 지키는 정부 기관과 공무원들의 기능과 역할이 자리 잡고 있다. 세월호는 더 많은 화물과 승객을 싣기 위해 구조를 불법적이고 위험하게 변경했다. 비리 사슬로 연결된 국가-협회-공무원 등 '적폐'는 이를 모른 체 했다. 수시로 과적 운항이 이루어졌지만 항만노조와 항만청, 해경 등 이를 적발하고 제지했어야 할 기관과 사람들은 눈을 감았다. 직업 윤리와 직업 정신, 시민 의식, 최소한의 양심마저 팽개친 청해진 해운과 세월호 선박직 선원들의 직무상 범죄는 결국 엄청난 재난을 불러왔다. 우리 모두가 그 대가를 치르고 있고, 앞으로도 오랫동안 치러 나가야 할 것이다.

이곳의 안전이 처음부터 철저하게 관리된 것은 아니다. 1987년 3월 6일, 벨기에Belgie 제브뤼헤Zeebrugge항을 떠나 영국 도버로 향하던 페리 여객선 'Herald of Free Enterprise'가 출항한 지 23분 만인 저녁 6시 28분에 전복되었고, 결국 539명의 승객과 승무원 중 193명이 사망하는 참사로 이어졌다. 이 여객선은 1980년에 건조되었기에, 선령은 불과 7년 남짓이었다. 영국 대법관을 위원장으로 한 특별 조사위원회가 수많은 실험과 조사를 거쳐 밝혀낸 사고 원인은 다음과 같이 몇 가지로 요약될 수 있다. 첫째, 로로식 페리의 차량 출입문을 닫지 않고 출항한 것(담당자가 졸다가 잊어 버렸음). 둘째, 18노트 이상의 과속 운항으로 인해 바닷물이 열린 데크를 통해 급격히 유입된 것. 셋째, 해운사 '타운젠드 토레센Townsend Thoresen'의 방만한 운영과 선원 교육 시스템 미비로 인한 선내 소통 체계 붕괴. 넷째, 무리한 선박 구조 변경으로 인한 침수 방지 기능 약화 등이었다. '엔터프라이즈'호는 세월호와 달리 해안에서 1km밖에 떨어지지 않은 얕은 바다에서 전복되면서 모랫바닥에 닿는 바람에 반만 물에 잠기고 반은 수면 위에 올라와 있었다. 게다가 인근에 있던 해안 굴착선 작업자가 여객선의 불이 갑자기 꺼지고 눈앞에서 사라지자 바로 신고했고, 인근 수역에서 훈련 중이던 벨기에 해군 함정들이 즉각 구조에 나서 346명의 소중한 생명을 구할 수 있었다. 해운사 '타운젠드 토레센'의 모회사인 'P&O Ferries'는 사법 사상 최초로 '법인 살인(자연인, 사람이 아닌 회사가 사람을 살해한 죄)' 혐의로, 책임 있는 7명의 선원은 '업무상 중과실 치사죄'로 기소되었다. 하지만 법원은 회사와 5명의 간부 선원에게 무죄를 선고했다. 피해자들에게 진정으로 사죄하고 성의 있는 배상을 했고, 무엇보다 사고 이후 자신의 안위를 돌보지 않고 승객들의 구조를 위해 헌신했다는 점을 감안한 판결이었다. 영국은 정부와 의회, 사법부, 언론 등이 모두 피해자 가족들을 지지하며 국가 사회적 역량을 총동원해 사건 발생 6개월여 만에 진상을 밝혀내었고 이를 미래를 위한 개선과 개혁의 동력으로 삼을 수 있었다. 그리고 23여 년이 지난 지금까지 매년 3월 6일이면 도버 '성 마리아 대성당St.Mary's Church'에서 추모식이 열린다. 이 사고는 영국과 국제 해운 안전 관련법과 제도, 규정을 강화시키는 결과를 낳았다. 하지만 우리 연안 해운 안전까지 담보해 주지는 못했다. 과거의 불행과 실패 사례로부터 전혀 배우지 못한, 한국의 고질적인 안전 불감증과 적폐가 세월호 참사를 낳은 것이다. 그리고 진실의 규명과 치유, 미래를 향한 개선과 개혁의 길은 보이지 않고 대신 극심한 갈등과 분열과 다툼이 그 자리를 차지하고 있다. 우리에게 셜록 홈스가 있다면, 문제가 해결될 수 있을까? 무거운 마음으로 차를 세우고 안전 요원의 지시에 따라 객실 쪽으로 이동하자 깔끔하고 멋진 제복의 선원들이 환한 미소를 지으며 승객들을 돕고 있다. 장애가 있는 승객, 노인, 어린이를 동반한 승객들에겐 거의 예외 없이 도움의 손길이 다가선다. 영화 '타이타닉'에서 보았던, 노약자와 일반 승객을 먼저 대피시키고 자신들은 마지막까지 배를 지키는 '선원의 도리Seamanship'가 몸에 배어 있는 모습이다. 갑판에서 가장 높은 곳에 자리를 잡았다. 드디어 출항이다.

영국의 정신적 지주, 캔터베리 대주교의 피살 현장

프랑스 칼레에서 영국 도버까지 여객선 운항 시간은 2시간이 채 안된다. '아시아의 물개'로 불리던 고 조오련 선수는 지금 내가 배를 타고 가는 이 바닷길을 1982년 당시 9시간 35분 만에 수영으로 횡단하는 데 성공했다. 차가운 바닷물 속에서 오랜 시간 수영을 하면서 엄습해오는 체온 저하와 체력 고갈, 고통과 그만두고 싶다는 유혹과의 싸움…. '수영계의 에베레스트'로 불리는 도버해협 횡단에 성공한 고 조오련 선수를 포함해, 1875년 8월 25일 '매튜 웹' 이후 2018년 5월까지 횡단에 성공한 총 2,227명의, 강한 용기와 의지력의 소유자에게 찬사를 보낸다.

1891년 5월, 셜록 홈스도 지금 이 도버해협을 운항하는 여객선에 몸을 맡긴 채 유럽 대륙으로 건너갔었다. 물론, 코난 도일도. 벌써 눈앞에 그 유명한 '도버의 하얀 절벽'이 나타났다. 셜록 홈스의 나라, 영국이 손을 내밀고 있는 것이다.

캔터베리는 여전히, 14세기 제프리 쵸서Geoffrey Chaucer가 쓴《캔터베리 이야기The Canterbury Tales》속의 순례자들이 말을 걸어 올 듯한, 옛 모습을 그대로 유지하고 있다. 곧 쓰러질 듯 기울어진 빅토리아풍 목조 건물들과 달그락 말발굽 소리가 들리는 듯한 페블, 자갈 바닥. 그리고 마을 한가운데는 모임과 공연과 중대 발표가 진행되는 공동체의 공간, 광장이 펼쳐져 있다. 그 광장의 한켠, 사람들이 줄지어 들어가는 곳이 바로, 영국에 기독교가 처음 전파된 성지이며 영국 국교 '성공회Anglican Church'의 본산이 된 캔터베리 대성당 입구다.

서기 596년, 당시 '(서쪽) 세상의 중심'이었던 로마에 잡혀 온 노예들 중에서 영국의 섬에서 온 색슨족 노예들이 유독 그레고리 교황Pope Gregory의 눈에 띄었다. 곧 '아우구스틴Augustine' 수도사가 앵글로 색슨족의 개종이라는 선교 임무를 띠고 영국으로 파견되었고, 그는 1년 뒤 캔터베리 성당을 세웠다. 이후 영국에는 기독교가 급속도로 퍼지게 된다. 영국 기독교도들은 머나먼 로마까지는 가지 못하더라도 '캔터베리 대성당'으로 성지 순례를 다녀오는 것을 평생의 숙원으로 생각하게 되고, 순례자의 발길이 이어진다.

제프리 쵸서는 1387년부터 1400년 사망할 때까지 당시 영국사회의 다양한 계층을 대표하는 31명의 캔터베리 대성당 참배자가 번갈아 주인공이 되는 《캔터베리 이야기》를 집필하는데, 이 책은 중세 설화 문학의 최고 걸작으로 평가된다. 대성당 입구에 들어서자 웅장한 대성당 건물과 정결한 정원이 한눈에 들어온다. 캔터베리 대성당 내부는 다른 유럽의 대성당들처럼 웅장한 제단과 화려한 스테인드글라스, 그리고 숙연한 자세로 기도하는 신자들의 모습이 경건하고 성스러운 분위기를 연출한다.

여느 대성당들과 구분되는 캔터베리만의 특징이라면 아마도 죽음, 무덤, 시신들일 것이다. 성당 구석구석에 왕들과 주교들의 시신이 묻힌 무덤과 추모 공간들이 마련되어 있다. 그중에서 가장 특별한 곳이 '성 토마스', 토마스 베켓Thomas Becket 캔터베리 대주교를 위해 마련된 공간이다. 왕들과 주교들의 무덤들을 지나 좁고 오래된 통로를 따라가다 보면 토마스 성인을 위해 밝혀 둔 촛불과 추모 제단이 나온다. 365일 내내 꺼지지 않는 촛불이 자리한 곳은 원래 토마스 성인의 신위가 모셔진 곳이었지만, 1538년 폭군 헨리 8세가 파괴해 버렸다. 그가 토마스 성인을 미워한 이유가 있었다. 헨리 8세처럼 교회 위에 군림하는 절대왕권을 확립하고자 했던 그의 조상 헨리 2세에게 항거해 왕의 칙령서에 서명하기를 거부했던 토마스 베켓은 왕에게 복종하지 않는 성직자들의 상징과도 같은 존재였던 것이다. 헨리 2세는 눈엣가시 같았던 토마스 베켓 때문에 속을 끓이다가 "정녕 저 골칫덩어리 신부를 처치해줄 용기를 가진 자가 아무도 없단 말인가?"라며 탄식했고, 이를 살인 지시로 받아들인 4명의 기사가 1170년 12월 29일, 캔터베리 대성당으로 달려갔다. 무기를 감추고 토마스 대주교에게 접근한 기사들은 잔혹하고 치명적인 집단 공격을 퍼부었고, 머리가 터지고 살이 찢기고 엄청난 피를 쏟은 대주교는 결국 목숨을 잃고 만다. 그 과정을 모두 지켜본 수도사는 토마스 대주교가 사망하기 직전에 "예수 그리스도의 이름과 교회를 보호하기 위해, 난 죽을 준비가 되어 있다."라는 말을 남겼다고 증언했다. 토마스 대주교는 로마교황청에 의해 '순교자Martyr' 및 '성인Saint'으로 책봉되었다. 당시 토마스 성인이 공격을 받고 피와 뇌수로 바닥을 물들였던 장소는 당시의 모습을 최대한 그대로 재현하여 보존되고 있다.

현존하는 최고의 권력자, 절대 권력을 틀어쥔 왕의 유혹과 압박 앞에
서도 굴하지 않고 신앙과 교회의 독립성을 지키다가 목숨을 잃은 토
마스 베켓의 무덤 앞에 서 있자니, 속세의 권한과 돈을 위해 신앙과
교회의 원칙을 헌신짝처럼 벗어던지고 정치 권력 앞에서 무릎 꿇고
고개 조아리고 독재자를 우상으로 섬기는 일부 한국 교회 목회자들
의 모습들이 떠올랐다. 그들이 토마스처럼 하나님 나라에서의 영광
이 아닌, 인간 세상에서의 돈과 쾌락을 탐하는 이유는, 어쩌면 그들
이 사실은 신이 없다고 믿는 무신론자들이기 때문은 아닐까?

셜록 홈스 패스티시
《캔터베리의 셜록 홈스Sherlock Holmes in Canterbury》

출구 쪽으로 오다 보니, '국제사면위원회Amnesty International'가 마련한 '세계 양심수를 위한 촛불제단'이 있었다. 촛불 앞에는 두 개의 글이 적혀 있었다. 하나는 "악의 승리를 위해 필요한 것은 오직 착한 사람들의 침묵과 무관심이다"이고, 또 다른 하나는 "어둠을 저주하는 것보다는 촛불을 밝히는 것이 낫다"이다.

코난 도일도 억울한 이들의 누명을 벗겨주기 위해 노력했고, 셜록 홈스 역시 진실과 정의를 지켜내기 위해 노력했다. 앉아서 어둠을 저주하기보다 촛불 하나씩을 밝힌 것이다. 대성당을 모두 둘러봤지만 셜록 홈스의 흔적은 찾아볼 수 없었다. 분명히 셜록은 1891년 5월, 모리아티 교수와의 최후의 일전을 위해 스위스 마이링겐으로 가는 길에 켄터베리에 들렀다. 그리고 나는 그가 라이엔바흐 폭포에서 죽지 않고 살아 남았음을 확인했다. 뤼팽 패거리로 추정되는 'followherlock'에게 유인되어 '향수 마을' 그라스와 '사드의 아지트' 라꼬스테, 그리고 '뤼팽의 본거지' 에트르타까지 가 봤지만 셜록의 명확한 흔적은 발견되지 않았다. 만약 셜록이 유럽 남동쪽으로 가지 않았다면, 서북 쪽으로 이동하여 다시 영국으로 왔을 테고, 그랬다면 이곳 캔터베리로 다시 돌아왔을 가능성이 높다. 캔터베리 대성당 자원 봉사 안내원들 중 가장 나이가 많고 경륜이 깊어 보이는 할아버지에게 혹시 캔터베리에서 셜록 홈스의 흔적을 찾을 수 있는 곳이 있는지 물었다. 할아버지 안내원은 의외의 질문에 당황하며 잠시 생각에 잠겼다. 이어서 그는 내 손목을 잡더니 대성당 서점으로 데리고 갔다. 서점엔《캔터베리의 셜록 홈스》라는 제목의 책이 있었다. 코난 도일의 셜록 홈스 시리즈를 모두 읽었지만, 이 책은 본 적이 없다. 책을 산 뒤 카페에 앉아 읽었다. 이 책은 세 개의 이야기로 구성된 단편집이었다. 캔터베리 대성당의 예산 1천 파운드를 들고 동네 목장 집 딸과 함께 불륜의 도주를 한 성공회 신부 사건, 80년 전 살인 사건을 추적하다가 현재의 독살을 막는 이야기, 그리고 경찰관과 어린 도둑

이 사망한 사건을 셜록과 왓슨이 해결하는 흥미진진한 추리와 모험 이야기였다. 그런데 저자 이름은 코난 도일이 아니었다. '마일즈 엘워드Miles Elward', 셜록 홈스 '패스티시' 작가로 유명한 사람이다. 패스티시란 '유명 작품이나 작가, 캐릭터 등을 소재로 삼아 새로 쓴 작품'을 말한다. 희화화와 조롱을 담은 '패러디'와 달리, '패스티시'는 원작이나 작가에 대한 존경과 인정, 추종의 의미를 담고 있다. 모방과 차용을 통한 '오마쥬Homage'라고 할 수 있다. 엘워드의 패스티시 작품 《캔터베리의 셜록 홈스》에서는 코난 도일의 이야기 방식과 날카로운 연역적 추리는 물론, 쵸서의 《캔터베리 이야기》와 토마스 베켓 대주교 피살 사건의 강렬한 여운도 읽어낼 수 있다. 어쨌든, 셜록 홈스가 캔터베리에 왔던 것은 사실이지만, 1891년 5월 라이엔바흐 폭포에서 추락한 이후에 들렀다는 흔적은 발견할 수 없었다. 그렇다면 다음 행선지는 셜록과 그의 숙적, 모리아티 교수의 학문적 뿌리가 있는 옥스포드다. 옥스포드에서는 또한, 마법소년 해리 포터가 셜록 홈스의 분신이라는 소문의 진상도 확인해 볼 것이다.

환생

영국 옥스포드Oxford
셜록 홈스와 해리포터, 모리아티와 볼드모트가 만나는 곳

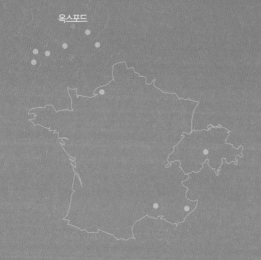

옥스포드

홈스는 그저 옷만 갈아입는 것이 아니라 새로운 역할에 따라 표정, 태도, 마음까지도 자유자재로 바꾸었다. 홈스가 범죄 전문가가 되는 바람에 연극계는 뛰어난 배우를, 과학계는 날카로운 이론가를 잃은 셈이다…(중략)…셜록 홈스 선생님, 정말 훌륭한 솜씨였습니다. 저를 완벽하게 속이셨습니다… 선생님의 의뢰인에게 사진은 걱정하지 말라는 말을 전해주시기 바랍니다… 폐하께서도 지난날 한때 불장난 했던 여자가 방해할 걱정은 하지 마시고… 그 사진은 제 몸을 지키는 무기로 삼아 가지고 가겠습니다… – 아이린 애들러

《보헤미아의 스캔들》, 코난 도일, 문예춘추사, 2012. 중에서

그렇다면 모리아티 교수는 대체 무슨 짓을 하려는 걸까?… 유럽 최고의 두뇌를 가진 자이고 전 세계의 모든 악한을 자기편으로 삼고 있으니… 그런데 그 살인마가 실패했다는 소식이 전해지자 모리아티가 참지 못하고 직접 나서서 선명한 붓놀림을 보여준 겁니다… 운명에 도전하려는 홈스의 눈은 어두운 장막을 꿰뚫으려는 듯이 날카로운 빛을 발하며 허공을 노려보았다.

《공포의 계곡》, 코난 도일, 문예춘추사, 2012. 중에서

셜록 홈스의 뿌리, 셰익스피어Shakespeare의 마을 '스트랫포드 어폰 에이븐Stratford-upon-Avon'

캔터베리를 떠나기 전에 인터넷을 검색하여 옥스포드 대학교의 기숙사 예약 사이트를 찾았다. 마침 케벨 칼리지Kebel College 기숙사에 빈방이 있었다. 옥스포드로 향하는 길에 코난 도일을 포함한 모든 영국 작가의 멘토인 셰익스피어의 생가에 들르기로 했다. 코난 도일은《셜록 홈스의 마지막 인사》에서 셰익스피어의《헨리 6세Henry VI》에 나오는, "정의로운 싸움을 하는 자의 힘은 세 배 정도 강하도다"라는 대사를 인용하기도 했다. 그 뿐인가, 코난 도일은 '셰익스피어의 훈계Shakespeare's Expostulation'라는 제목의 시를 발표하기도 했다. 뿐만 아니라, 테드 프리드먼Ted Friedman, 로버트 플레이스너Robert F. Fleissner 등 영국의 문학가들은 코난 도일의 셜록 홈스 캐릭터들과 이야기들에서 셰익스피어의 영향과 흔적을 많이 발견할 수 있다는 내용의 칼럼과 논문을 발표해 오고 있다. 어쩌면, 2015년 런던 연극 무대에서 공연된, 셰익스피어의 대표작《햄릿Hamlet》에서 신세대 '셜록'으로 유명한 베네딕트 컴버배치Benedict Cumberbatch가 주인공 '햄릿' 역을 맡게 된 것은 코난 도일과 셰익스피어를 연결하는 상징적인 사건인 듯하다.

붉은 기와 지붕들과 하얀색 회벽의 조화가 독특한, 17세기의 모습을 그대로 간직한 이곳이 바로 세계적인 대문호, 셰익스피어가 태어나고 사망한 생가가 있는 마을, '스트랫포드 어폰 에이븐'이다. 마을의 곳곳에는 '셰익스피어 생가'로 가는 길을 알려주는 표지판들이 있었고, "바보는 스스로 똑똑하다고 생각하지만, 현명한 사람은 자신이 바보라는 것을 안다"는 대사로 유명한 셰익스피어의 희곡 〈뜻대로 하세요As You Like It〉 속 광대의 조각상이 방문자들을 맞이하고 있다.

표지판을 따라 마을 전체가 그대로 셰익스피어 작품 속 세트장 같은 스트랫포드 거리를 조금 걷다 보면 녹음이 우거진 작은 숲 같은 정원에 둘러싸인 아담한 초가, 바로 셰익스피어의 생가가 나온다. 마당 곳곳에는 이곳을 사랑했던 가족의 이름으로 기증된 벤치들이 놓여 있다.

생가 안은 작은 박물관으로 꾸며져 있는데, 셰익스피어의 작품이 인쇄된 초판의 원형이 전시되어 있고 셰익스피어가 살던 당시의 모습 그대로 보존·유지되고 있는 집안 모습도 정감이 간다.

좁고 가파른 계단을 통해 2층 '어린 셰익스피어'의 비밀 놀이장소인 다락방을 둘러본 후 다른 쪽 계단으로 내려오니 밖에서는 보이지 않던 후원에 꽃이 만발한 것과 둥근 무대 같은 공간을 볼 수 있었다. 후원 열린 무대에서는 마침 《로미오와 줄리엣Romeo and Juliet》 공연이 시작되었다. 채 열 명도 안 되는 방문객의 눈앞에서 공연되는, 관객과 배우들이 하나가 되는 생생한 예술의 향연이다.

SHIP STREET

FOREIGN CURRENCY
BEST RATES IN OXFORD

SELL RATE
2437
5446

'살인의 무대', 옥스포드Oxford

영국의 대표적인 음식인 피시 앤 칩스Fish & Chips를 가판대에서 사먹는 것으로 점심 식사를 해결한 뒤 옥스포드로 떠났다. 50분 남짓, 쾌적한 전원 가도를 달려 도착한 대학 도시 옥스포드는 특유의 고적하고 장엄한 고풍스러움으로 방문객을 맞았다.

시내에서 조금 떨어진 곳, 오늘 묵을 케벨 칼리지 기숙사의 삐걱거리는 나무 문으로 들어가 좁은 통로를 지나니 옥스포드 대학교 캠퍼스의 특징인 사각형 푸른 잔디밭을 둘러싼 붉은 벽돌 건물 숲이다. 대학 조정대회에서 우승한 팀 선수들의 명단을 기록해 둔 벽을 지나 기숙사 관리 및 경비 업무를 총괄하는 포터 하우스The Porter house에서 수속을 마치고 키를 받아든 뒤 방을 찾아갔다. 방은 아담하고 깔끔하다. 무척 좁은 공간이지만, 욕실과 침대, 책상과 옷장 등 필요한 것은 다 있어서 다시 유학 시절로 돌아온 듯한 기분이 들었다. 바로 책상에 앉아 내일 강의시간에 제출할 레포트를 작성해야 할 것 같은 느낌이다.

옥스포드는 지난 100여 년 간 수백 권의 추리소설 속 '살인의 무대'였다. 이 중 가장 유명한 것은, '현대판 셜록 홈스'라고 불리는 '모스 경위Inspector Morse' 시리즈다. 모스 경위는 옥스포드 지역 경찰서의 형사로, 셜록 홈스의 날카로운 추리력을 물려받았지만, 우리나라 수사반장을 닮은 소탈하고 털털한 동네 아저씨 타입의 수사관이다. 소설에 이어 텔레비전 드라마와 영화를 통해 영국 국민의 사랑을 듬뿍 받아 온 '국민 형사' 캐릭터라고 할 수 있다. 재미있는 사실은, 옥스포드를 대표하는 '모스 형사'의 저자 콜린 덱스터Colin Dexter가 라이벌 캠브리지 대학교 졸업생이라는 것이다. 그 외에 영화 〈반지의 제왕The Lord of the Rings〉의 '호빗' 역할로 유명해진 엘리야 우드Elijah Wood가 출연한 영화 '옥스포드 연쇄 살인 사건Oxford Murders'과 동명의 원작 소설도 잘 알려져 있다. 옥스포드에 유학했던 아르헨티나의 천재 수학자 기예르모 마르티네스Guillermo Martinez 박사가 쓴 이 소설은 다양한 수학 이론과 정리, 원칙들을 추리소설에 활용한, 독특한 작품으로 평가받고 있다. 아마도 셜록 홈스의 숙적으로서 '범죄의 나폴레옹'이라고 불리던 모리아티 교수가 천재 수학자였다는 점에 착안한 것이리라.

옥스포드 대학교에서는 이런 '(작품 속) 살인의 무대'로서의 명성과 이미지를 적극 활용하여 매년 부활절 연휴 기간에 고등학생들을 대상으로 2박 3일간 '옥스포드 살인 추리 캠프'를 운영하고 있다. 캠프 참가 학생들 중 한 명이 살해당하는 설정으로 시작되는 이 캠프에서는 학생들이 사건을 해결하기 위해 과학수사와 추리 강의를 듣고, 실험과 실습, 체험을 한 뒤 조를 나눠 범인을 추적해 나가는 방식으로 이루어진다. 한편, 옥스포드 대학교 평생교육원에서는 성인들을 대상으로 1주일 짜리 '옥스포드 추리 체험' 캠프 프로그램을 비정기적으로 운영하고 있는데, 1,300 파운드(약 200만 원)에 달하는 비싼 비용에도 불구하고 큰 인기를 끌고 있다.

셜록 홈스와 모리아티, 해리포터와 볼드모트가 만나는 곳, 옥스포드

2012년, 옥스포드 대학교 협동응용수학센터(OCCAM) 소속의 알란 고릴리Alain Goriely 교수와 데릭 몰튼Derek Moulton 박사는 '범죄의 나폴레옹'이자 셜록 홈스의 최대의 적인 모리아티 교수가 만든 수학 방정식을 복원해 내기 위해 심혈을 기울였다. 얼마 뒤, 그들은 옥스포드 대학교 홈페이지에 '모리아티 교수의 수학 공식'을 공개했다. 그리고 이 공식을 바탕으로 하여 출제한 3개의 문제를 제시하고는 정답을 제출한 모든 사람에게 '셜록 홈스' 시리즈 전체를 상으로 주겠다고 발표했다. 모두가 로버트 다우니 주니어 주연의 영화 '셜록 홈스, 그림자 게임' 속의 장면을 만들기 위한 과정이었다. 엄숙한 옥스포드대 수학 교수들이 상업 영화 속의 한 장면을 위해 추리소설의 설정을 현실로 만들려는 노력을 기울였다는 사실이 신선하고 재미있다.

셜록 홈스가 어느 대학을 다녔는지는 알려진 바가 없다. 다만, 그의 해박한 과학적 지식과 뛰어난 논리력에 비춰볼 때, 아마도 옥스브리지Oxbridge(옥스포드와 캠브리지를 한꺼번에 부르는 명칭)일 것으로 추정하는 것이 다수설이다. 모리아티 교수 역시, 코난 도일의 소설《마지막 사건》에서 셜록 홈스가 '(옥스포드보다) 작은 대학교'라고 언급한 내용에 바탕을 두고 추정을 하면, 아마도 인근의 '더럼Durham' 대학교나 '워릭Warwick' 대학교의 수학 교수였던 것으로 추정된다.

코난 도일이 셰익스피어의 영향을 받아 셜록 홈스를 탄생시켰듯이, 조앤 롤링Joan K. Rowling은 해리 포터 시리즈를 세상에 내놓았다. 영국 셜록 홈스와 해리 포터 마니아들은 둘 사이에 닮은 점들을 찾아내 비교하며 치열한 토론을 벌였는데, 이들이 찾아낸 공통점 중에서 별이견 없이 수긍할 만한 것들은 여덟 가지 정도다. 1. 셜록과 해리는 '모든 것을 알고 있다'는 공통점을 공유한다. 2. 두 사람 모두에게 엄마처럼 돌봐주는 여성(허드슨 부인, 위즐리 부인)이 있다. 3. 사건을 해결하기 위한 단서들이 차례로 제시되는 방식이 유사하다. 4. 셜록과 해리 모두 악으로부터 세상을 구하기 위해 자신의 생명을 내던진다. 5. 모두, 약간은 어리숙한, 최고의 친구(셜록의 왓슨, 해리의 론Ron)가 끝까지 함께한다. 6. 두 사람 모두 불멸의 악당(모리아티, 볼드모트Voldemort)을 숙명의 적으로 두고 있다. 7. 두 작품에는 모두 벽에 쓰인 섬뜩한 암호가 자주 등장한다. 8. 지적인 매력을 갖춘 여성이 친구(아이린 애들러Irene Adler, 헤르미온느Hermione)로 등장한다. 흠, 우리나라 '네티즌 수사대'와 견줄어 볼만한 솜씨다.

해리 포터의 저자 조앤 롤링의 삶을 추적해 봐도 코난 도일과 셜록 홈스의 영향을 추정해 볼 여지가 많이 발견된다. 이곳 옥스포드 대학교에 지원했다가 떨어진 뒤 서남부 데본 주에 있는 엑시터 대학교에 진학한 조앤 롤링은 졸업 후 머나먼 북쪽 스코틀랜드 에딘버러로 이주해 정착한 뒤 해리포터 시리즈를 집필했다. 에딘버러는 코난 도일의 고향이다. 해리포터 시리즈와는 별개로, 롤링은 '로버트 갤브레이스Robert Galbraith'라는 남자 이름을 가명으로 쓰면서 21세기형 셜록 홈

스라고 할 수 있는 탐정 '코모란 스트라이크Cormoran Strike'가 주인공
인 추리소설들을 출간했다. 셜록 홈스는 조앤 롤링의 작품 속에서, 해
리 포터와 코모란 스트라이크라는 서로 다른 모습으로 다시 태어나
활약하고 있는 것으로 추정할 수 있다.

옥스포드 대학교 기숙사에서 지내면서 얻는 특별한 혜택은, 영화 해
리 포터 시리즈가 촬영된 현장, 호그와트의 '그레이트 홀The Great Hall'
을 닮은 만찬장에서 아침 식사를 할 수 있다는 것이다. 식사를 마치고
나오면 귀여운 악마 고블린이 반겨준다.

아버지가 심각한 알코올 중독자가 되어 정신병원에서 많은 시간을 보내야 했던 코난 도일. 그리고 싱글맘으로 혼자 아이를 키우며 해리 포터 시리즈가 대성공을 거두기 전까지 정부의 생활보조금에 의존해 살아야 했던 조앤 롤링. 전 세계의 수많은 독자에게 위안과 즐거움을 주고, 어린이와 청소년에게 꿈과 용기, 지혜를 키워준 명작은 이렇게 아픔과 슬픔과 외로움을 딛고 탄생했다. 그리고 그 뒤에는, 지금 당장 생산과 이익을 가져다 주지 않더라도 분배와 복지를 위한 정책과 제도와 예산을 만들거나 마련해 온 정부와 의회와 사회가 있다. 그리고 취업만을 중시하는 게 아니라, 지식과 진리와 감성과 표현을 배우고 함양하고 교류하는 데 힘과 정성을 아낌없이 쏟는, 참된 지성의 전당인 학교와 대학 그리고 교사와 교수들이 있다. 점점 '주식회사 대한민국', '인력 조립, 생산 공장인 학교와 대학'이 되어가고 있는 우리 교육 현실과의 괴리감에 머리가 어지럽다.

어쨌든, 옥스포드는 셜록 홈스의 뿌리와 숙적 모리아티와의 관계, 그리고 해리 포터와 코모란 스트라이크, 모스 경위 등 여러 가지 다른 모습으로 재탄생되었을 가능성을 짚어 볼 수 있는, 의미 있는 방문이었다.

이제 라이헨바흐 폭포에서 추락한 이후 의문의 공백기를 가진 셜록 홈스가 다시 돌아온 현장, '바스커빌 가Baskervilles'의 소재지, 영국 서남부 데본Devon 주에 있는 황무지인 다트무어Dartmoor로 향한다. 참, 다트무어로 가는 길에 반드시 들러야 할 곳이 있다. 코난 도일의 최대 라이벌, 아가사 크리스티Agatha Christie를 둘러싼 미스터리로 가득 찬

곳이다. 어쩌면 '그곳'에서 셜록에 대한 의외의 단서를 찾을 수 있을지 모르겠다. 그렇지 않다고 해도, 지척에 '추리소설의 여왕' 아가사 크리스티의 근거지를 두고 그냥 지나칠 수는 없는 일이다.

신비

영국 스톤헨지Stonehenge, England
심령술에 빠져든 코난 도일

스톤헨지

셜록 홈스는 유령이나 요정, 미신 따위는 전혀 믿지 않았다. 하지만 저자인 코난 도일은 달랐다. 일례로, 코난 도일은 1917년 그 진위 여부를 두고 당대 최대의 화젯거리였던 '코팅리 요정Cottingley Fairy' 사진이 진짜라고 믿고 이를 알리기 위한 인쇄·출판·홍보비용으로 모두 백만 달러 이상을 썼는데 그중 하나가《요정들이 오고 있다The Coming of the Fairies》(1921)라는 책이었다. 하지만 이 '코팅리 요정' 사진은 15세 소녀인 엘시 라이트Elsie Wright와 그녀의 사촌 프랜시스 그리피스Frances Griffiths가 조작한 가짜임이 드러났다. 그 외에도 코난 도일은 영매mediums들을 믿고 영혼과 유령, 심령, 요정들이 실제로 존재한다고 믿으며 이를 증명하기 위해 애쓰다가, 심령과 점성술, 요정 등의 미신이 세상과 사람들을 속이고 착취하는 거짓임을 주장하던 절친 해리 후디니Harry Houdini와 절교하게 된다.

영국 일간 텔레그래프, 레이첼 워드 '당신이 몰랐던 코난 도일에 대한 19가지 사실', 2015년 3월 2일(The Telegraph, 'Arthur Conan Doyle: 19 things you didn't know' By Rachel Ward, 02 Mar 2015) 기사 발췌·번역

모든 것이 시작된 런던 패딩턴 역

커다란 튜브 속에 들어와 있는 듯, 아치형 지붕 아래 좌우로 늘어선 플랫폼들 사이로 모두 바삐 움직인다. '세상의 중심' 런던으로 들어오거나 각 지역으로 떠나는 사람들, 그들 사이에 내가 있다. 영국 서남부 데본셔Devonshire의 주도 엑시터Exeter로 향하는 12시 40분 발 기차의 승강장은 7번 플랫폼이다.

예약한 일반석 12번 객차로 걸어가는 길에 스친 1등석 흡연실, 창가에 앉은 노신사가 시가를 멋들어지게 피우고 있다. 검은 중절모에 회색이 섞인 금발 수염이 인상적인 그는 창 밖 먼 곳에 시선을 둔 채 손에는 '타임스The Times'를 펼쳐들고 있다. 비록 스쳐지나가는 창밖에서지만 마치 개구리를 연상케 하는 독특한 얼굴에 거북이처럼 목을 쑥 내민 너무 특이한 모습. 맞다, 그는 유명한 전직 판사 '워그레이브 Lawrence Wargrave'다. 그는 '에드워드 새턴Edward Seton' 판결로 악명이 높다. 런던을 충격에 빠트렸던 '노부인 살인 사건'의 용의자로 체포되어 기소된 전과자 새턴의 혐의를 입증할 증거는 충분하지 않았다. 하지만 경찰은 알리바이가 입증되지 않은 폭력과 강도 범죄 전과자 새턴을 유력한 용의자로 지목했고 현장 근처에서 그를 봤다는 목격자도 확보된 상태였다. 증거 부족, 설득력 있는 변호사의 '합리적 의심reasonable doubt' 주장에 흔들리던 배심원들의 마음속에 유죄의 심증을 심어준 사람은 존경받는 노 판사 워그레이브였다. 이 재판에서 워그레이브 판사는 공정하고 중립적인 자세를 견지해야 하는 재판관으로서의 본분을 망각하고 직권을 남용했다는 비난과 동시에 '근래 보기 드문 용기있는 판사'라는 칭송을 한몸에 받았다. 결국 워그레이브 판사의 '편파적인' 재판 진행과 퇴임을 앞둔 베테랑 판사로서의 권위는 '결백'과 '무죄'를 주장하며 눈물을 흘리던 에드워드 새턴의 유죄와 사형 판결을 이끌어냈고 항소마저 기각되었다. 새턴은 교수대에서 형장의 이슬로 사라졌다.

물론 지금 영국엔 사형제도가 존재하지 않는다. 지난 1930년 6월, 그것도 실제가 아닌 아가사 크리스티의 소설 《그리고 아무도 없었다 And Then There Were None》 속 이야기다. 소설 속에서 수상한 초청장을 받은 그들처럼, 나도 패딩턴 역에서 기차를 타고 세상에서 가장 미스터리한 사건이 벌어지는 '인디언섬'과 그 모든 비밀의 배경에 도사리고 있는 그녀, 아가사 크리스티의 흔적을 찾아 나섰다.

우선, 좌석을 변경해야 한다. 소설 속 주인공, 워그레이브 판사와 대화하며 여행할 수 있는 이 절호의 기회를 놓칠 순 없다. 육중한 몸에 무표정한 얼굴을 한 50대 아주머니 검표원이 다가오길 기다렸다가 1등석으로 업그레이드해 줄 것을 부탁했다. 뚱한 표정으로 전산 단말기를 톡톡 두드린 검표원은 다행히 1등석에 빈자리가 있다며 추가 요금의 액수를 제시한다. 카드로 추가 요금을 지불한 뒤 서둘러 1등석 칸의 워그레이브 판사 앞자리로 옮겼다. 그가 내게 영국 노신사 특유의 형식적인 미소와 인사를 건넨다. 나도 미소로 화답하며 상대방이 부담을 느끼지 않도록 형식적인 인사로 답례하고 창밖으로 시선을 돌렸다.

영국 무속 신앙의 본거지 '스톤헨지Stonehenge'

마치 한반도를 연상케 하는 토끼 모양 영국 섬의 다리와 발 부분에
해당하는 남서쪽 지방을 서부West Country라고 부른다. 위로는 글로
스터Gloucestershire로부터 아래로는 데본Devon과 콘월Cornwall, 그 사
이에 브리스톨Bristol과 윌트셔Wiltshire 그리고 도어셋Dorset 및 서머셋
Somerset 지역이 자리잡고 있다. 패딩턴역을 출발한 기차가 곧 도심
을 벗어나 들판을 달리기 시작한다. 고속열차 창밖으로 보이는 녹색
초원과 한가로이 풀을 뜯는 양떼들… 소박한 전원 풍경이 마치 고향
에 온 듯 푸근하다.

어느 새 기차는 월트셔의 중심 도시 솔즈베리Salisbury를 지난다. 대성당 등 볼거리가 풍성한 이곳을 그냥 지나치기 아쉽지만, 희대의 미스터리가 벌어진 '인디안섬'과 모든 비밀 뒤에 도사리고 있는 그녀, 아가사 크리스티의 흔적을 찾기 전에 지체할 수는 없다. 대신, 솔즈베리를 벗어난 들판에 펼쳐진 멋지고 기이한 풍경이 아쉬움을 달래준다. 태고의 신비를 보여주는 곳으로서 유네스코에 인류 문화유산으로 등재된 고인돌이 스톤헨지다.

최대한 경이로운 표정을 지으며 가볍게 탄성을 지르고 스톤헨지에 대한 감탄을 과장해서 표현하자 워그레이브 판사가 관심을 보인다. 드디어 걸려들었다. 그가 조심스럽게 말을 건다.

"젊은이, 스톤헨지를 처음 보시오?"

나는 그렇다고 대답했다. 자존감이 높고 명예심이 강하며, 대영제국의 영광에 대한 자부심과 함께 과거 식민지에서의 침략과 약탈에 대한 채무의식을 가지고 있는 '영국 신사'의 배려심을 자극한 것이다. 판사의 설명이 이어졌다.

"스톤헨지는 말이오, 기원전 3000년경에 건설되기 시작해 수백 년에 걸쳐 완성된 것으로 추정되는 선사 시대 무덤이자 종교 제단이오. 그러니까 지금으로부터 5천 년 전에 만들어진 것이지."

판사는 동양에서 온 사내가 행여나 영어를 잘 못 알아들을까 봐 걱정되었는지 마치 어린 아이에게 이야기하듯 아주 천천히, 그리고 또박또박 설명했다.

"오랜 세월 동안 전설과 미신의 대상이었고 1970년대까지는 마법을 믿는 영국 무속신앙인 드루이드교Druidism가 집단 종교의식을 거행하는 장소였다오. 뒤늦게 스톤헨지의 역사적, 문화적, 고고학적 가치를 깨닫게 된 영국 정부가 1977년부터 스톤헨지 외곽에 펜스를 둘러 일반인의 출입을 금지하고 엄격하게 관리하였지. 스톤헨지는 왕실 소유 재산으로, '영국의 유산재단English Heritage'에서 관리 책임을 맡고 있어요. 스톤헨지를 보호하기 위해 인근에 있는 광범위한 땅을 '국민 신탁National Trust'에서 매입해 어떤 건축물도 들어서지 못하는 공터로 유지하고 있지요…."

잉글랜드와 스코틀랜드Scotland, 웨일즈Wales 그리고 북아일랜드
Northern Island, 서로 다른 4개의 '왕국'이 합쳐져 탄생한 영국의 정
식 국호는 '연합브리튼왕국과 북아일랜드The United Kingdom of Great
Britain and Northern Island'다. 서로 말도 다르고 문화와 풍습도 다른
'이민족'끼리 한 국가를 이루고 살아가는 영국. 최근 스코틀랜드에
분리 독립 바람이 불고 있고, 북아일랜드의 분리 문제로 테러 등 내
홍을 겪기도 했지만 국방과 외교 등 '국익' 아래에선 하나가 된다. 영
국 '브리튼 섬'에 사람이 살기 시작한 시기는 3만 년 전 쯤으로 추정
되고 있지만, 확실한 문명의 흔적은 기원전 3000년경에 세워진 것
으로 추정되는 원형 돌무덤 '스톤헨지'에서 발견된다. 5천 년 역사를
내세우는 우리 고조선이 건국된 때와 유사한 시기다.

오랜 역사를 가진 나라일수록 무속신앙과 전설, 괴담이 성행하기 마
련인데, 영국 역시 우리 못지않은 '신비주의' 미신 문화가 확산되어
있고, 그 중심에는 현대과학의 힘으로도 아직 그 비밀이 다 풀리지
않은 '스톤헨지'가 있다. 신비주의 미신에 빠진 영국인들 중에 셜록
홈스의 저자 코난 도일이 있었다. 코난 도일은 아일랜드 계열의 조
상을 두고 있는 스코틀랜드 출신으로, 잉글랜드에서 기사 작위를 받
은 '영국인'이다. 그 복잡한 가계만큼이나 어두운 가정사를 갖고 있
었다. 아버지 찰스 도일Charles Doyle의 알코올 중독으로 인해 코난이
다섯 살 때부터 온 가족이 뿔뿔이 흩어져 살아야 했고, 아홉 살 때부
터는 가톨릭 예수회 계열 기숙학교에서 생활했다. 가족과 떨어져 엄

격한 규율 속에서 살아야 했던 아픔 때문이었을까. 코난 도일은 가톨릭 기숙 고등학교를 졸업하자마자 종교를 버리고 무신론자가 된다. 이후 고향에서 에딘버러 의대를 다니며 과학에 탐닉하던 코난 도일은 첫째 부인을 폐결핵으로 잃은 뒤 아들과 동생, 처남과 조카들이 질병과 사고로 잇따라 사망하자 심각한 우울증에 빠지게 된다. 그때 그는 죽은 자들의 영혼인 '유령'과 '요정'이 실제로 존재한다는 증거를 찾아 나선다. 스스로 영국 심령학회에 가입하여 후원자가 되었고, 《요정의 왕림Coming of the Fairies》(1922), 《안개의 땅The Land of Mist》(1926), 《심령술의 역사The History of Spiritualims》(1926) 등 '심령'에 대한 서적들을 연이어 저술했다. 결국, 라이헨바흐 폭포에서 셜록 홈스를 죽이려 했던 이유가 논리, 과학과 합리의 세계에서 벗어나 '심령의 세계'로 빠져 들어가기 위해서였던 것일까?

해리 포터의 출생지, 엑시터Exeter

기차가 드디어 '데본Devon' 주에 들어섰다. 아가사 크리스티가 태어
나고 자란 곳, 그녀가 쓴 무수한 작품의 무대이자 유명한 존파울즈
John Fowles의 소설《프랑스 중위의 여자The French Lieutenant's Woman》
의 배경이 된 곳이다. 무엇보다 데본 주의 남쪽 바다는 지중해안 못지
않은 아름다운 풍광을 자랑해 '영국 해안 절경English Riviera'이라 불린
다. 마침 기차가 해안 절경의 동쪽 끝에 해당하는 시드머스Sidmouth
를 지난다. 붉은 절벽과 은빛 모래사장, 부드럽고 길게 뻗은 해안선,
여름 피서철이면 형형색색 꽃들 속에서 다채로운 공연과 문화 행사
가 열리는 축제의 향연. 바쁜 일상에서 은퇴한 노년에 꼭 다시 와 한
두 달 게으름을 피우며 지내고 싶은 곳이다. 게다가, 아가사 크리스티
추리소설 속의 뜨개질하는 할머니 명탐정을 주인공으로 한 영국 드라
마 '미스 마플Miss Marple'(2005년, ITV)의 무대이기도 하다.

이제 다음 정차할 곳은 이 열차의 종착지인 엑시터다. 워그레이브 판사도 이곳에서 내려 오크브리지로 가는 작은 지역 열차로 갈아탄다. 점점 아가사 크리스티의 '신비한 미스터리의 세계'로 다가가고 있는 것이다. 나는 일단, 《그리고 아무도 없었다》 작품 속 주인공인 워그레이브 판사와 헤어졌다. 그가 초대받은 '인디언섬'에 도착해 다른 일행들과 만나 인사를 나누고 안면을 트는 동안 난 들러 볼 곳들이 있기 때문이다.

로마가 이곳을 지배한 시대 이래로 영국 서부의 중심 도시는 데본의 주도인 엑시터였다. 지금도 로마 시대 성벽이 시내에 남아 있는 엑시터는 해안 휴양지 엑스머스Exemouth로 흐르는 엑스 강River Exe을 끼고 조성되어 있다. 인구 약 12만 명의 작은 도시인 엑시터는 12세기에 세워진 대성당Cathedral을 중심으로 시내High Street가 아기자기하게 꾸며져 있다.

특히 1900년에 세워진 엑시터 대학교University of Exeter의 캠퍼스가 아름답다. 해리 포터의 작가 조앤 롤링이 엑시터 대학교의 졸업생인데, 그녀가 동문회에 남긴 이야기에 따르면 그녀의 부모는 롤링이 외국어를 전공해 수입이 안정적인 비서직에 취업하길 바랐으나, 정리 정돈을 하지 못하고 무질서한 생활습관이 몸에 밴 롤링은 비서직에 지원할 엄두도 내지 못했다고 한다. 작가가 되기로 한 롤링은 엑시터 대학교 도서관에서 톨킨 경J.R.R.Tolkien의 '반지의 제왕' 시리즈를 빌려 여러 번 반복해서 탐독하다가 반납 기한을 너무 오래 넘긴 나머지 50파운드(약 7만5천 원)의 벌금을 내기도 했다. 롤링은 졸업 후 우리에게도 잘 알려진 인권 단체인 '국제사면위원회'에 취업하여 포르투갈에서 파견 근무를 하며 해리 포터 시리즈에 대한 구상을 구체화하였다. 그 후 스코틀랜드 에딘버러로 이주해 싱글맘으로 정부 보조금에 의지해 아기를 키우면서 첫 작품인 《마법사의 돌Harry Potter and the Philosopher's Stone》을 완성했다. 롤링은 엑시터 시내 'Black Horse Inn' 선술집과 간디 스트리트 등을 떠올리며 작품 속 마법사들의 시장 골목 '다이아곤 앨리Diagon Alley'를 만들어 내고, 드루야드

홀Duryard Hall과 펜실베니아 코트Pensylvania Court 등 고풍스러운 엑시터 대학교 기숙사들을 작품 속 호그와트 마법학교 구석구석의 풍경으로 재현해 냈다.

실종

영국 토키Torquay, England
아가사 크리스티의 체취가 살아 숨쉬는 곳

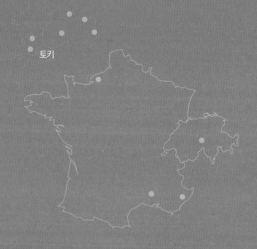

토키

1926년에 발생한 사상 최대의 미스터리, 11일간의 아가사 크리스티 실종 사건의 진실이 드디어 밝혀질 것인가? 평생 아가사 크리스티를 추적해 온 전기 작가 앤드류 노먼Andrew Norman은 곧 출간될 저서에서 의학적인 해답을 제시하겠다고 밝혔다… 12월 3일 밤 9시 45분, 이미 성공한 작가였고 당시 '애크로이드 살인 사건'으로 크게 히트를 치면서 아쉬울 것이 없었던 아가사 크리스티는 윗층에 올라가 자고 있던 딸 로자린드의 이마에 키스를 하고는 자신의 승용차를 타고 사라졌다. 그녀가 타고 나간 차는 다음 날 한적한 길가에서 발견되었다… 급기야 셜록 홈스의 저자 코난 도일까지 사건을 해결하기 위해 뛰어들게 되었다.

The Observer, Sun 15 Oct 2006, 'Christie's most famous mystery solved at last' 기사 일부 발췌·번역

아가사 크리스티의 고향 마을, 토키Torquay

엑시터 세인트 데이비스역St. Davis station 앞에 늘어선 렌터카 회사에서 경차 한 대를 빌렸다. 아가사 크리스티 생가와 소설《그리고 아무도 없었다》의 사건 현장, 셜록 홈스의 흔적이 생생히 남아 있을 다트무어Dartmoor 등을 찾아가는 길은 아주 좁다. 저 옛날 마차 다니던 길을 그대로 차도로 사용하는 영국 시골 어디나 그렇다. 괜히 과시하고 싶어 크고 좋은 차를 몰고 다니다간 긁히고 부딪히고 걸리고 빠지는 낭패를 당하기 십상이다. 엑시터에서 토키까지 1시간 남짓 걸리는 드라이브 코스는 전형적인 영국 시골 풍경과 숨막히는 해안 절경이 교차하는 '힐링 로드'다.

추리소설의 여왕, 아가사 크리스티는 1890년 이곳 토키에서 태어나 생의 대부분을 이곳에서 보냈다. 토키로 들어가는 길목에는 코난 도일의 소설 《바스커빌가의 개The Hound of Baskervilles》에서 다트무어 교도소를 탈옥한 뒤 황야로 숨어든 셀던이 몸을 은신했을 법한 동굴, 켄츠 캐번Kents Cavern이 있다. 태고적의 신비를 간직한 동굴 안으로 들어가면, 오랜 세월 종유석의 자유낙하가 만들어 낸 사람 얼굴 형상을 한 바위와 실제 해골이 갑자기 나타나기도 해서 긴장감과 스릴을 느끼게 한다.

안내 요원을 따라 더 깊이 들어가자, 호롱불 너머 저 앞에 '사람'이 보이는 것이 아닌가? 19세기 말의 신사 복장을 한 사람…. 앗, 셜록 홈스와 그의 친구 왓슨이다.

물론, 실제가 아닌 밀랍 인형이다. 그래도 셜록 홈스의 흔적이나마 만날 수 있어 반가웠다. 안개와 스산한 기운이 가득한 황무지, 어두운 비밀을 안은 채 도주한 탈옥수의 흔적을 찾아 쫓아간 지하 동굴. 당장이라도 어디에선가 무서운 괴물 개의 이빨 혹은 살인범의 칼날이 습격해 올 듯한 동굴을 나와 세계적인 해안 휴양지, 토키로 들어선다.

영국을 대표하는 추리 소설 작가이며, 미스터리의 여왕으로 불리는 아가사 크리스티는 초기 6권의 소설이 모두 출판사에서 거절당하는 등 실패한 '이름 없는 작가 지망생'으로 끝날 뻔 했다. 하지만 7전 8기의 도전작이었던 《스타일즈 저택의 괴사건The Mysterious Affair at Styles》이 출간되고 큰 인기를 끌면서 그의 인생이 달라졌다. 제1차 세계대전 중 자원봉사 간호사로 병원 약제실에서 일한 아가사 크리스티는 다양한 약제와 독극물에 대한 지식을 습득해 이후 이를 작품에 활용하였다. 아가사 크리스티의 작품은 이제까지 전 세계 103개 국어로 번역, 총 20억 권 이상이 판매되어 성경 및 셰익스피어에 이어 인류 역사상 세 번째 베스트셀러 저자로 인정받고 있다. 특히, 《그리고 아무도 없었다》는 이제까지 총 1억 권이 넘게 판매되어 단행본 역사상 최고의 베스트셀러로 기록되고 있다. 영국 왕실은 1971년 81세의 아가사 크리스티에게 최고의 영예인 공훈 작위Dame Commander of the Order of the British Empire(DBE)를 수여했다. 이로부터 5년 후인 1976년 전무후무한 인류 역사상 최고의 범죄 추리 작가는 86세를 일기로 총 66권의 추리소설과 28권의 단편집, 그리고 2권의 자서전 등을 남긴 채 세상을 떠났다.

아가사 크리스티의 고향 마을인 토키엔 작가의 흔적이 여기저기에 남아 있다. 마치 온 마을이 작가의 집이고, 마을 사람 대부분이 작가의 자손 같은 모습을 보여 주고 있다.

아가사 크리스티 박물관

토키 시내 한 복판에 있는 토키 박물관Torquay Museum은 아가사 크리스티 박물관이라고 해도 과언이 아닐 정도다. 전시물의 대부분은 아가사 크리스티 작품의 초판본 혹은 자필 원고 초본 등이고 그 외 공간에 계절별로 다른 테마의 전시물들을 교체하는 방식으로 운영하고 있다.

앗, 가슴이 쿵 내려앉는다. 특유의 파이프 담배를 물고 다리를 꼰 채 앉아 있는 신사, 시드니 파젯의 삽화에 나온 모습 그대로의 오똑 선 콧날과 날카로운 턱선의 소유자, 바로 셜록 홈스가 아닌가. 조금의 기대조차 하지 않은, 셜록 홈스의 흔적이다. 아가사 크리스티의 고향 마을, 그의 작품과 기념물로 가득 찬 이곳 토키 박물관에서 셜록 홈스를 만나다니….

그림의 설명을 읽어 보니 이해되었다. 1980년에 출간된《위대한 탐정들The Great Detectives》(글 줄리안 시몬스Julian Symons, 그림 톰 아담스Tom Adams) 속 셜록 홈스와 미스 마플이다. 시몬스는 이 작품에서 아직 탐정이 되기 전인 미스 마플이 이미 은퇴해 꿀벌을 키우고 있는 셜록 홈스의 오두막집을 찾아와 복잡한 고민거리에 대한 상담을 받은 뒤 탐정으로 변신한다고 설명하고 있다. 즉, 미스 마플은 셜록 홈스를 멘토로 삼고 조언과 가르침을 받아 탐정이 된 것이다.

그렇다면 실제로 아가사 크리스티가 코난 도일에게 배운 제자일까? 두 사람의 나이 차는 31살이었기에 스승과 제자 정도라고 할 수 있다. 아가사 크리스티가 추리소설을 쓰기로 마음먹은 소녀 시절, 이미 코난 도일은 추리소설계의 대스타요, 전설이었다. 하지만 크리스티의 첫 작품《스타일스 저택의 괴사건》이 출간되기 3년 전인 1917년, 61세의 코난 도일은 이미 추리소설 쓰기를 중단하고 심령과 영혼의 세계에 대한 기이한 글들을 쓰는 데 몰두했다. 두 사람이 추리 작가로서 만날 일은 없었다는 이야기다.

혹시 크리스티의 작품들이 셜록 홈스의 영향을 받은 것은 아닐까? 명백하고 당연하다. 해리 포터의 작가 조앤 롤링이 벌금까지 물어가며 톨킨 경의 반지의 제왕을 읽고 또 읽었던 것처럼, 초보 작가인 아가사 크리스티의 마음속은 온통 셜록 홈스로 가득 차 있었다. 그녀의 자서전에는 탐정 캐릭터를 구상하면서 '셜록 홈스와는 전혀 다른' 인물을 만들어 내야 한다는 고민이 담겨 있다. 아울러, 습작을 거듭하면서 스스로 의도하던 것보다 훨씬 더 많은 영향을 코난 도일로부터 받고 있다는 사실을 깨닫게 되었다고 토로하고 있다. 미스 마플은 남성적인 셜록 홈스와 정반대의 외형과 특성을 가진, 하지만 역할과 능력은 유사한 '거울상'이라고 할 수 있다. 벨기에 출신의 망명자인 탐정 포와로Hercule Poirot 역시 '최대한 셜록 홈스 냄새가 나지 않는, 하지만 능력과 역할은 유사'하다. 게다가, 셜록의 친구 겸 조수 왓슨을 닮은 포와로의 조력자 '헤이스팅스Arthur Hastings', 셜록의 경찰 파트너인 레스트레이드Lestrade 경감을 닮은 포와로의 '제프Japp 경위'까지. 아가사 크리스티와 코난 도일 간의 인연과 관계는 작품 속에만 머물지 않는다. 사실, 아가사 크리스티와 셜록 홈스, 아니 코난 도일은 만난 적이 있다. 참으로 이상한 상황에서 기이한 방식으로 말이다.

코난 도일, '아가사 크리스티 실종 사건'을 수사하다

거듭된 실패를 딛고 일어서 코난 도일 이후 최고의 추리 작가로 이름을 날리면서 성공가도를 달리던 아가사 크리스티에게 갑자기 불행이 찾아왔다. 평생의 동반자, 영혼의 파트너인 줄 알았던 남편 아치 Archie Christie가 '자신에게 사랑하는 여인이 따로 있다'는 청천벽력 같은 고백을 해 온 것이다. 아치가 일방적인 이혼 통보를 한 후 연인 낸시 닐Nancy Neele과 주말 여행을 떠난 1926년 12월 3일 밤 9시 45분, 아가사 크리스티는 '요크셔에 다녀오겠다'는 쪽지 한 장을 남긴 채 세상에서 사라졌다. 긴급 수색 끝에 그녀의 차와 옷가지가 길가에 버려진 채 발견되었다.

곧 영국 전체에 비상이 걸렸다. 모든 언론이 속보와 호외를 계속 내보냈다. 대서양 건너 미국 뉴욕타임스도 대서특필했다. 영국 내무부 장관이 긴급 성명을 발표하고 경찰은 동원할 수 있는 인력을 모두 투입해 세계에서 가장 유명한 추리 작가를 찾아 나섰다. 1천 명 이상의 자원 봉사자도 나섰다. 거금의 현상금도 제시되었다. 아가사 크리스티가 유년 시절을 보낸 토키 바닷가와 요트 선착장 역시 정밀 수색의 대상이었다. 그리고 아가사의 생가이자 남편 아치와의 신혼 추억이 잔뜩 남아 있는 '그린웨이Greenway' 저택과 정원 및 부속 부지 역시 샅샅이 훑어 보았다.

하지만 어디에서도 작가의 흔적은 발견되지 않았다. 성인 실종 사건의 골든타임인 72시간이 지나자 당대 최고의 탐정 셜록 홈스, 아니 그 저자인 코난 도일이 나섰다. 하지만 이미 추리소설 쓰기를 중단하고 심령술에 흠뻑 빠진 지 10년이 넘은 67세의 코난 도일은 추리나 프로파일링이 아닌 '심령수사' 기법을 사용했다. 아가사 크리스티의 차량이 발견된 장소에서 가족과 경찰의 협조를 받아 차 안에 남겨져 있던 장갑을 받아든 코난 도일은 크리스티의 장갑을 동행한 영매의 이마에 가져다 대곤 눈을 감고 한참을 말없이 서 있었다. 그러고 나서, "아가사 크리스티는 아직 살아 있습니다. 물과 가까운 곳에 있군요. 아마도 다음 주 수요일에 우리 앞에 다시 나타날 것입니다. 너무 걱정하지 마십시오." 도대체 믿어야 할지, 말아야 할지…. 아니, 그 냉철한 과학수사 신봉자요, 오직 합리적인 추리와 논리에만 의존하던 셜록 홈스는 어디로 가고 이런 황당한 심령술사가 되어 나타난 것인지…. 그런데 너무 놀랍게도 바로 다음 주 수요일 아침 조간 신문에 아가사 크리스티의 무사 귀환 기사가 보도되면서 희대의 '추리 작가 실종 사건'은 해피엔딩으로 마무리되었다. 게다가 그동안 아가사 크리스티는 '해로게이트 수치료 호텔The Swan Hydropathic Hotel, Harrogate' 이라는 최고급 온천 호텔에서 머물렀던 것으로 밝혀졌다. 심령술사 코난 도일이 "물 가까운 곳에 있다"라고 한 말이 정확히 맞아떨어진 것이다. 과연 정말 심령술이 통했는지, 그저 운 좋은 우연의 일치인지, 혹은 아가사 크리스티와 코난 도일이 서로 비밀리에 연락을 주고받은 것인지, 두 작가 외엔 아는 사람이 없다. 두 작가 역시 아무런 말도 남기지 않았다.

범죄 수사의 철칙 중 하나가 '현장에 답이 있다'이다. 하지만 현장에서도 답이 나오지 않는 경우가 있다. 셜록 홈스의 실체 찾기, 아가사 크리스티와의 관계, 멀리 영국 서부 현장을 샅샅이 살피며 상당한 단서와 정황, 그리고 증거들을 찾았지만, 아직 해답은 찾지 못했다. 셜록, 당신은 실존 인물인가? 아가사 크리스티는 알고 있었나? 아직 포기하긴 이르다.

범죄 수사의 철칙 둘, '단 하나의 돌도 뒤집어지지 않은 채 놔두지 말라'. 시냇물 속의 가재를 잡을 때 이 돌 저 돌 들춰보다 없으면 포기하는 성급한 바보는 범죄 수사를 해서는 안 된다. 차분하고 침착하게 가장 가까운 곳에서 가장 먼 곳까지 하나씩 모든 돌을 다 뒤집어 봐야 한다. 가재는 그 마지막 돌 아래에 있을 수 있기 때문이다.

다음에 뒤집을 돌은, 아가사 크리스티 필생의 역작이자 인류 역사상 가장 많이 번역되고 팔린 소설인 《그리고 아무도 없었다》의 현장, 인디언섬, '버그 아일랜드Burgh Island'다.

비극

영국 버그 아일랜드Burgh Island, England
'인디언 인형 연쇄 살인 사건'의 현장

버그 아일랜드

아가사 크리스티 최고의 히트작인 《그리고 아무도 없었다》는 1939년 영국에서 초판 출간 당시 원제목이 '열 명의 꼬마 검둥이Ten Little Niggers'였다. 같은 제목의 영국 전래 민요가 이야기의 기본 골격을 구성했기 때문이다. 하지만 그해 겨울 미국에서 출간되면서 제목이 《그리고 아무도 없었다》로 바뀐다. '검둥이'라는 용어를 쓰는 것이 인종 차별에 해당하기 때문이었다. 이야기 구조가 미국 전래 민요인 '열 명의 꼬마 인디언Ten Little Injuns'의 내용과 흡사했기 때문에, 이 노래의 마지막 구절 '그리고 아무도 남지 않았다'를 제목으로 사용한 것이다. 결국, 미국에서 바뀐 제목이 어느 나라 어느 문화권에서도 통하는 보편성을 갖추면서 호기심을 강하게 자극했기 때문인 지, 전 세계 100여 개 언어로 번역되면서 1억 권이 넘게 팔려 나갔다. 《그리고 아무도 없었다》는 아가사 크리스티 작품 중 최고의 베스트셀러가 되었음은 물론, 역사상 단행본으로 출간된 소설 책들 중 가장 많이 판매된 책으로 기록되고 있다.

Pendergast, Bruce (2004). Everyman's Guide to the Mysteries of Agatha Christie. Victoria, BC: Trafford Publishing. p. 393. 발췌·번역

열 명의 꼬마 인디언(영국 전래 민요에서 '검둥이'를 '인디언'으로 변경)

열 명의 꼬마 인디언이 밥먹으러 나갔다네
한 명이 목에 음식이 걸렸고, 아홉 명이 남았다네
아홉 명의 꼬마 인디언이 늦은 밤까지 앉아 있었다네
한 명이 잠에서 깨어나지 않아 여덟 명이 남았다네
여덟 명의 꼬마 인디언이 데본으로 여행을 떠났다네
한 명이 그곳에 머물러 일곱 명이 남았다네
일곱 명의 꼬마 인디언이 통나무 땔감을 쪼갰다네
한 명이 자신의 몸을 반으로 쪼개 여섯 명이 남았다네
여섯 명의 꼬마 인디언이 벌집을 가지고 놀았다네
한 명이 벌에 쏘여 다섯 명이 남았다네
다섯 명의 꼬마 인디언이 법을 배우러 갔다네
한 명이 대법관이 되어 네 명이 남았다네
네 명의 꼬마 인디언이 바다로 나갔다네
청어 한 마리가 한 명을 삼켜 세 명이 남았다네
세 명의 꼬마 인디언이 동물원을 거닐었다네
큰 곰 한 마리가 한 명을 껴안아 두 명이 남았다네
두 명의 꼬마 인디언이 햇볕을 쬐며 앉아 있었다네
한 명이 타 버려서 한 명이 남았다네
한 명의 꼬마 인디언 혼자 남았네
그는 나가서 스스로 목을 매 아무도 남지 않게 되었네

다트머스Dartmouth의 찬란한 아름다움

공포와 미스터리, 비극으로 가득 찬 아가사 크리스티 작《그리고 아무도 없었다》의 현장인 '버그 아일랜드'로 들어가기 전에 고대의 성채와 해안 비경이 뛰어난 다트무어의 입구, 다트머스를 들르기로 했다. 토키에서 다트머스로 이어진 도로 A385와 A380은 좁은 숲길에 이어 완만한 구릉지대에 펼쳐진 푸른 초원 위에 하얀 점 같은 양들 사이로 동화 속 오두막들이 펼쳐진 아름다운 풍광을 자랑한다. 간간히 나타났다 사라지는 해변 휴양지 풍광도 수려하다.

다트무어를 지나는 강, 다트강Dart River이 바다와 만나는 곳, 다트머스를 찾았다. 저 앞 철로에선 해리 포터 일행을 마법학교 호그와트로 데려다 주는 듯한 증기기관차가 폭폭 연기를 내뿜으며 달리고 있다.

반대편으로 고개를 돌리니 마치 소설《피터팬Peter Pan》속의 네버랜드 같은 아름다운 섬이 보인다. 그 섬에 가기 위해선 양안 사이를 잇는 케이블에 연결된 독특한 바지선으로 차와 사람을 실어 나르는 작은 페리를 이용해야 한다.

페리에서 내려 구절양장 같은 길을 올라가면 신비로운 고대 유적 다트머스성Dartmouth Castle이 나타난다. 다트머스는 대서양으로 출항하는 항구로 적합하며, 전시에는 좁은 뱃길로 침입하는 적함들을 언덕에서 공격해 전멸시킬 수 있는 천혜의 해안 요새 지형이다.

1147년과 1190년엔 두 차례에 걸쳐 십자군 원정대가 출항한 곳이며, 에드워드 3세 이래 영국 해군의 본진이 자리 잡은 곳이기도 하다. 1373년 제프리 쵸서는 세계적 대서사시《캔터베리 이야기》에 다트머스의 풍광과 선원들의 이야기를 담기도 했다. 지금은 중세 유적으로 양안을 철통같이 지켰던, 요새화된 두 성 '다트머스성'과 '킹즈웨어성Kingswear Castle'의 고풍스런 유적과 함께 푸른 바다를 가득 채운 현대식 요트들이 공존하는 찬란한 아름다움이 여행객의 마음을 사로잡고 발길을 붙든다.

그곳, '인디언섬'

바로 저기다. 바다를 향해 길게 뻗은 거인의 산발한 머리 같은 모양의 섬. 그래서 '인디언섬'이라고 이름 붙여진 곳이다. 지금은 바닷물이 다 빠진 간조 시간이라 이곳 땅과 저곳 섬 사이에 긴 모랫길이 연결되어 있다. 그 모랫길 위에서 사람들이 연을 날리거나 산책을 하며 평화로운 휴식을 즐기고 있다. 저들은 저 섬이 피와 죽음과 공포와 미스터리로 가득 찬 곳이란 것을 알고 있는 걸까? 1936년 아가사 크리스티에 의해 세상에 알려진 '인디언섬'의 한켠에 커다란 하얀색 성채 같은 저택. 차는 여기까지다. 공용 주차장에 차를 세워둔 뒤 언덕을 내려가 저 모랫길을 건너 섬으로 들어간다. 아, 저기 런던 패딩턴역에서 같은 기차를 타고 엑시터 세인트 데이비스 역까지 동행했던 워그레이브 판사의 모습이 보인다. 그와 가까운 곳에 사람이 여러 명 있다. 의문의 초대장을 받고 이곳까지 온 여교사 베라 클레이손Vera Elizabeth Claythorne, 여행가 필립 롬버드Philip Lombard 대위, 가난한 노파 에밀리 브런트Emily Caroline Brent, 퇴역 장군 맥아더 General John Gordon MacArthur, 전직 경찰관 윌리엄 블로어William Henry Blore, 그리고 철없는 한량 앤소니 마스턴Anthony James Marston이다. 이들은 섬으로 함께 들어갈 일행을 기다리며, '저 인디언섬은 왠지 음침하고 기분 나쁜 분위기가 느껴져'라고 중얼거리며 고개를 젓고 있다. 이미 이들은 처참한 자신들의 운명을 예감하고 있는 것일까? 참, 의사 암스트롱 Dr. Edward George Armstrong은 보이지 않는다. 그는 어디에 있을까?

모랫길의 끝에 이르러 디딤돌들을 밟고 인디언섬에 올라왔다. 저 위 새하얀 저택, 사건의 현장까지는 오르막 오솔길이다. 이 초가 오두막 집은 이 섬의 유일한 거주자, 저택의 관리인이자 집사 겸 요리사, 정원사 역할을 맡고 있는 로저스Rogers 부부의 숙소인가 보다. 외관상으로는, 아담하고 고즈넉한 정취가 풍기는 고풍스런 초가다. 하지만 가까이 다가가 들여다 보려 하니 훅, 음산하고 으스스한 기운이 밀려든다.

하지만 지금 이곳을 탐색할 시간은 없다. 아쉽지만 발길을 재촉했다. 드디어 이곳, 굳게 닫힌 철문에 '버그 아일랜드 호텔Burgh Island Hotel'이라고 표기되어 있다. 철문 옆 인터폰을 누르고 방문하고 싶다고 하니 지금은 비수기를 맞아 공사를 하고 있으므로 외부인이 출입할 수 없다는 차가운 대답이 돌아왔다. 하지만 이대로 물러설 순 없다. 저 멀리 한국에서 온 학자로, 아가사 크리스티 최고의 명작《그리고 아무도 없었다》의 현장을 찾아 왔다고 하니 사진 촬영을 하지 않는다는 조건으로 10분간 둘러볼 수 있게 해주겠다며 문을 열어주는 것이 아닌가? 사진 대신 눈과 가슴에 담고 온 현장, 소설 속 인물들이 그대로 나타나고 사건들이 벌어질 듯한 그 느낌, 도저히 글로 표현할 방법이 없다.

열 개의 인디언 인형

겉으론 너무도 평범하거나 훌륭해 보이는 여덟 명의 초대받은 손님과 로저스 부부, 하지만 이들 열 명은 각자 무섭고 어두운 과거의 비밀을 하나씩 가지고 있다. 이들이 모두 모인 인디언섬, 폭풍으로 인해 배도 오갈 수 없는 완전한 고립, 통신도 두절된 하얀 저택 안의 식당 식탁 위엔 열 개의 인디언 인형이 놓여 있다. 각자가 거부할 수 없는 내용의 편지로 여덟 명을 초대하고 로저스 부부를 고용한 의문의 저택 주인 '오윈Mr. Owen'은 누구이며, 지금 어디에 있을까?

무섭고 충격적이면서도 분명한 사실은, 식탁 위 인디언 인형이 하나씩 사라질 때마다 한 명씩 죽는다는 것이다. 마치 영국 전래 민요처럼. 이들 열 명의 어두운 과거가 하나씩 드러나며 차례로 시신으로 발견되면서 결국 인디언섬에는 '아무도 남지 않게 되었다.'

도대체 어떻게 된 일일까? 범인은 누구일까? 분명히 저택 안에는 이들 열 명 외엔 그 누구도 있을 수 없다. 전직 경찰관과 판사와 장군과 의사, 모험가 등 전문가들이 집안 구석구석을 샅샅이 뒤졌다. 로저스 부부도 피살당했고 그의 오두막도 이 잡듯이 수색했지만 쥐새끼 한 마리도 발견되지 않았다. 저택 밖은 어떨까? 폭풍우 속 오랜 기간 몸을 숨기며 신출귀몰한 열 건의 연쇄 살인을 저지르고 흔적조차 들키지 않을 은거지가 있을까?

인디언섬은 학교 운동장 두세 개 크기 정도의 아주 작은 섬이다.

나 혼자 수색을 해도 빠짐없이 곳곳을 살펴볼 수 있다. 물론, 암스트롱과 롬버드 대위도 섬 전체를 샅샅이 수색했었다. 관목과 야생화, 수풀 사이로 난 작은 오솔길을 따라 오르는 산책은 상쾌함을 안겨준다. 우리 산과 들에서 볼 수 있는 접시꽃, 패랭이 꽃, 수선화들과 처음 보는 들꽃들이 바닷바람에 살랑거리는 모양이 참 예쁘다.

아차, 들꽃 향기와 자태에 취해 긴장을 늦췄다가, 하마터면 떨어질 뻔 했다. 등 뒤에 갑자기 나타난 가파른 절벽, 바로 이곳이 의사 암스 트롱이 떨어져 죽은 곳일까?

산꼭대기엔 아주 오래된 폐허가 있다. 적함이 오는지 살피는 감시탑이었을까? 죄수를 가둬두는 감옥이었을까? 정상에서 바다를 내려다보니 마치 커다란 배의 함교에 오른 듯하다.

인디언섬이 품고 있는 이야기는 무섭고 슬프고 충격적이지만, 이곳의 풍광은 참으로 아름답다. 오른쪽으론 망망대해 너머 수평선, 왼쪽을 돌아보면 밥 짓는 연기가 시나브로 올라오는 자그마한 마을을 감싸고 도는 늘씬한 해안선, 발 아래엔 바람 따라 하늘거리는 형형색색 들꽃과 들풀들. 셜록 홈스도, 아가사 크리스티도 다 잊고 그냥 팔 베고 누워 한참을 있고 싶다. 다음에, 버그 아일랜드 호텔이 다시 문을 열면, 꼭 다시 오고 싶다.

공포

영국 다트무어Dartmoor, England
바스커빌가의 개가 사는 곳

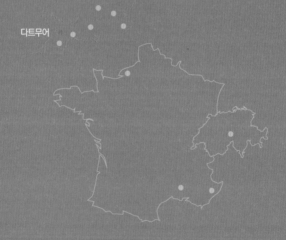

다트무어

바스커빌가의 사냥개의 유래에 대해서는 수많은 설이 있다… '더욱 무시무시한 것은, 생각하기만 해도 끔찍한 지옥의 개들이 검은 말을 타고 달리는 휴고 바스커빌 경의 뒤를 소리도 없이 쫓아갔다는 사실입니다'… 그들을 공포로 몰아넣은 것은 휴고의 몸에 올라타서 그의 목덜미를 물어뜯고 있는 거대한 검은 짐승이었다… 그 악마 같은 개가 번뜩이는 눈과 피가 뚝뚝 떨어지는 이빨을 세 사람 쪽으로 돌리자 그들은 숨이 넘어갈 듯 비명을 지르며 도망쳤다… (중략)… 홈스는 한동안 생각에 잠겨 있었다. "간단하게 말하자면 문제는 이렇군요. 다트무어에 악마가 있으니 바스커빌가의 사람이 거주하기에는 위험하다는 것이지요?"

《바스커빌가의 사냥개》, 코난 도일, 문예춘추사, 2012 중에서

다트무어에서 무척 크고 털이 많은 짐승에 대한 목격담이 이어졌고, 사진까지 찍히면서 전설의 '다트무어 괴물'에 대한 우려가 확산되었다… 목격자 마틴 휘틀리 씨는 "내가 본 짐승은 검은 색과 회색이 섞인 작은 조랑말 크기의 고양이과 동물이었다. 어깨가 아주 두꺼웠고 꼬리가 길고 끝이 뭉툭했으며 귀가 작고 둥글었다"고 주장했다. 휘트니 씨의 구체적인 목격담이 알려진 이후 '다트무어의 괴물'에 대한 괴담이 퍼지고 있다.

BBC News, 3 August 2007 기사 발췌·번역

'전설의 고향' 다트무어로 가는 길

'열 개의 인디언 인형'에 담긴 슬프고 무서운 이야기를 뒤로하고, 셜록 홈스가 라이헨바흐 폭포에서 추락한 이후 오랜 공백을 깨고 다시 나타났던 '미스터리의 땅', 다트무어로 향했다. 태고적 신비로부터 대자연의 비밀까지 수많은 이야기와 전설을 품고 있는 거대한 황무지다. 국립공원으로 가기 전에, 황무지 한가운데, 다트무어교도소가 있는 프린스타운Princetown의 영국식 민박집, B&B(Bed and Breakfast, 가정집에서 여행객에게 침실과 아침 식사를 제공하는 전통 숙박업소)의 방 하나를 급하게 예약했다. 끝없는 황무지에서 마음껏 뛰노는 양과 말과 소, 철따라 장소에 따라 색깔이 다양해지는 야생화들…. 드디어 수많은 전설과 괴담이 시작되고 이야기들이 만들어지는 곳인 다트무어 입구에 들어섰다.

셜록 홈스가 '바스커빌가의 개'와 격투를 벌인 현장, 프린스타운

도시와 마을, 사람들이 사는 곳으로부터 아주 멀리 떨어진 황무지 한 가운데, 보통 사람의 능력으로는 도저히 탈출할 수 없는 난공불락의 요새 같은 교도소…. 혹시 탈출한다 해도 끝도 없는 황무지를 걸어가다가 지쳐 굶어죽거나, 추운 밤에 얼어 죽거나, 흉포한 야생동물에 잡아먹힐 수밖에 없는 공포와 절망의 땅, 프린스 타운. 그 이름만은 아이러니컬하게도 고상하고 아름답다. 마을 입구에 들어서자마자 오른쪽에 거대한 교도소가 보인다.

이곳의 진정한 슬픔은 그 교도소를 죄수들이 스스로의 손과 피와 땀으로 지었다는 데 있을 것이다. 1805년 나폴레옹 군대와의 전쟁에서 붙잡혀 온 프랑스 전쟁 포로 수천 명이 마치 영화 '레미제라블Les Miserables'에 나오는 죄수들처럼 맨손으로 돌을 나르고 담을 쌓다가 죽고 묻혔다. 1812년부터는 미국 해군 포로 수천 명이 잡혀와 1815년 전쟁이 끝날 때까지 교도소를 짓다가 죽거나 다쳤다. 1851년부터는 영국 민간인 죄수들을 수감하였는데, 워낙 처우가 열악하고 징벌이 혹독해서 1932년에는 대규모 폭동이 일어나기도 했다. 지금은 비교적 온순한 죄수들을 수감하는 'C등급 교도소' (A등급이 가장 폭력적이고 탈출 위험이 큰 죄수들을 수감, D등급은 위험성이 거의 없는 죄수들을 자유롭게 수용하는 개방형 교도소)로 운영되고 있다.

황무지 한가운데, 교도소와 인접한 마을 프린스타운은 한때 교도관과 교도소에서 일하는 근로자들만 살던, 관사 같은 곳이었다. 하지만 코난 도일의 《바스커빌가의 개》 등 여러 소설의 배경이 되고, 국립공원 다트무어를 찾는 관광객과 모험 트레킹 도전자들이 늘면서 외지인과 숙박업소, 상점들이 들어서 그럴듯한 마을 모양새를 갖추게 되었다. 마을의 한가운데로 들어서니 커다란 회관 같은 건물이 나타난다. 관광안내소Visitor Centre다. 건물 안으로 들어서니 소설 《바스커빌가의 개》의 모습을 재현해 놓은 전시장이 있었다.

50대로 보이는 안내소 직원에게 '실제' 바스커빌가의 저택이 있는지를 물었더니 직원은 잠시 멈칫한 후, 주위를 둘러보더니 아무도 없는 것을 확인하고 '추정 대상'이 있다고 귀띔해 주었다. 대단한 비밀을 알려줘서 고맙다는 인사를 하고 나오려는데 안내소 직원이 다시 불러 내 손에 쥐어준 것은 2008년 1월 29일 자 BBC 뉴스 인터넷 기사가 프린트되어 있는 종이다. 다트무어에서 소설 《바스커빌가의 개》의 모델이 된 실제 장소들을 소개하는 기사였는데, Hayford Hall을 '바스커빌 저택'의 유력한 후보지로 추정하고 있었고, 셜록 홈스가 노숙하며 은거하고 있던 장소의 위치 등을 알려준다. 휴식을 취한 후 내일 탐사와 조사를 해야겠다. 예약해 둔 숙소의 위치를 묻자 낯선 동양의 방문객이 신기했던지 얼굴까지 붉혀가며 자세히 안내해준 고마운 직원을 뒤로하고 민박집인 'Tor Royal'로 향했다. 걸어서 5분 거리였다. 황무지에 바로 붙은 돌담 안 오두막, 시골스러운 운치와 적막한 음산함이 함께 풍겨져 나오는 독특한 집이다.

실내로 들어서니 의외로 아늑하고 따뜻하다. 이런, 주인 부부가 내 방 문고리에 셜록 홈스를 걸어두었다. 기쁨에 찬 놀라움을 표하자 마음 씨 좋게 생긴 부부는 함박웃음을 짓는다. 그럴 줄 알았다는 듯이. 긴 여정에 지친 몸과 마음을 달래는 데 가장 효과적인 치료약은 역시 사 람의 정이다. 어둠이 내리는 뒷마당을 보니 편안한 정취가 느껴진다.

바스커빌가, 그 실제 현장

시골의 정과 인심은 한국이나 영국이나 다를 바가 없다. 머슴밥을 안
겨주던 우리네 산골 민박집 할머니처럼, 프린스타운 B&B의 주인 아주
머니는 푸짐한 영국식 아침을 마련해주었다. 남기기 미안해서 다 먹었
더니 배가 풍선처럼 부풀어 올랐다. 하룻밤이었지만 듬뿍 정이 든 내
외와 이별을 하려니 아쉬웠다. 아쉬움을 뒤로하고 20분 정도 이동하
여 장시간 트레킹을 하기 위해 등산화로 갈아 신고 사람의 흔적이 없
는 황무지 속으로 들어갔다. 기나긴 오솔길이 끝나자 우거진 수풀과
야생마, 바위언덕과 웅덩이와 늪이 나타났다. 넓은 평원을 지나자 외
딴 오두막과 돌담과 돌십자가, 그리고 오래된 다리가 불쑥 보인다.

지도와 나침반에 의지해 3시간 정도 걸었을까, 드디어 Hayford Hall 이 나타났다. 입구 양쪽에 개 석상이 버티고 서 있다. 숲속에 감춰진 집처럼 찾기가 쉽지 않았기에 '바스커빌가의 저택'이라고 불릴만 하 다는 생각이 들었다. 금방이라도, 저 건물 뒤편에서 황소만한 검은 개가 커다란 송곳니를 드러내며 덮쳐올 것만 같다. 사람이라곤 오직 나 혼자밖에 없는 이곳에 지금 만약 '다트무어의 괴물'이 나타난다 면… 등골이 오싹해진다.

넓디 넓은 황무지 다트무어에서, 무시무시한 괴물, '바스커빌가의 개'를 둘러싼 진실을 밝히던 셜록 홈스가 밟았던 땅, 그 발자국을 따라가 본 의미 있는 방문이었다.

그래, 셜록 홈스는 이곳에 있었다. 분명히 느낄 수 있다. 이제 그가 살고 일했던 곳, 어쩌면 지금도 있을지 모르는 그곳, 런던 베이커가 221B번지를 방문할 준비가 되었다. 런던 가는 길에 들를 곳이 한 군데 더 있다. 한때 사이먼과 가펑클Simon & Garfunkel이 머물며 명곡 '험한 세상의 다리가 되어Bridge Over Troubled Water'의 영감을 얻었다고 알려진 '어부의 오두막Fisherman's Cot'이 지척에 있다. 셜록 홈스의 탐정 사무실로 가기 전에, 잠깐 들러 차 한 잔을 마시며 그간의 여정이 준 감흥과 감동을 가다듬어 본다.

탐정

영국 런던London, England
셜록 홈스는 결코 다른 곳에서는 태어나지 못했을 것이다

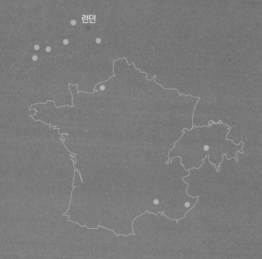

런던

1889년 어느 여름 저녁, 막 의대를 졸업한 27세의 젊은이가 런던 빅토리아 기차역에 도착했다. 곧이어 택시를 타고 사라졌던 그는 작은 의원을 개업했다. 환자가 찾지 않는 텅 빈 진료실에서 무료함을 달래기 위해 이 젊은 의사는 소설을 썼다.

그의 이름은 코난 도일이고, 소설의 제목은 《주홍색 연구》다. 셜록 홈스라는 탐정이 주인공인 추리소설이었다. 얼마 후, 잡지 '리핀코트'의 편집장은 코난 도일을 리젠트가에 있는 호텔 레스토랑 만찬에 초대했고, 그 자리에는 아일랜드 출신의 또 다른 작가가 참석했다. 코난 도일은 편집장보다는 동석한 작가에게 더 매료되었다. 그의 발음과 표현은 귀를 의심할 정도로 정확하고 명징했으며, 유머 감각은 세련되었고, 아주 미세한 동작들을 통해 자신이 주장하고 의미하는 바를 실감나게 전달했다.

코난 도일은 후에 "이 작가와의 대화는 엄청난 인상을 내 마음에 남겼다"라고 고백했다. 이 만찬 석상에서 두 작가는 편집장과 다음 소설을 집필하기로 약속했다. 코난 도일은 자신의 명성과 셜록 홈스의 위상을 확고하게 굳혀 주게 될 《네 개의 서명》을, 그리고 동석했던 다른 작가는 《도리안 그레이의 초상》을 쓰게 된다. 그 작가는 바로 오스카 와일드였다. 보들레르와 함께 세기 말 퇴폐적 탐미주의, 데카당스를 대표하게 되는 오스카 와일드의 영향을 많이 받은 코난 도일은 셜록 홈스의 캐릭터를 훨씬 더 깊고 무겁고 어둡게 설정해 나가기 시작한다. 《네 개의 서명》 첫 장면부터 셜록 홈스는 마약, 코카인에 중독된 상태로 등장하게 된 것이다.

… 셜록 홈스와 왓슨이 처음 만난 것도 바로 이곳 런던 한가운데 '성 바르톨로뮤Saint Bartholomew병원'… 이곳 런던은, 코난 도일의 세계와 셜록 홈스의 세계가 만나 하나가 되는 곳으로서 셜록 홈스를 믿는 사람들, '셜로키언'들의 성지다… 미국의 명문 하버드 대학교에서는 3일간 코난 도일과 셜록 홈스가 남긴 유산을 주제로 특별 연속 강연을 실시하기도 했다.

Joshua Hammer, 'Sherlock Holmes' London', SMITHSONIAN MAGAZINE, JANUARY 2010 중에서 발췌·번역

'찰스 디킨스Charles Dickens의 런던'에서
'코난 도일의 런던'으로

런던의 역사는 서울의 역사와 닮았다. 지금으로부터 약 6천 년 전 선
사 시대의 유적이 서울 암사동과 런던 복스홀Vauxhall 지역에서 발견
된 것으로부터 역대 왕조와 시대에 따른 부침이 그렇다. 왕궁이 자리
잡은 도심을 중심으로 목재 건물이 빼곡히 들어서 화재에 취약했던
17세기의 풍광도 두 도시가 닮은꼴이었다. 절대 왕정, 탐관오리의 부

패, 빈부 격차 등으로 인한 사회 불만이 방화로 이어지기도 하고, 취사나 난방 혹은 야간 조명 등으로 사용하던 불이 번져 발생하는 실화 역시 많았다. 그런데 조선 시대 한양에서는 크고 작은 화재에 대비하기 위해 풍수지리는 물론, 진흙과 물을 활용한 방화·방재에 대한 노력이 치밀했던데 반해 런던은 상대적으로 허술했다. 결국 1666년 발생한 화재로 런던의 1/3이 불탔고 7만여 명이 집을 잃었다. 이는 사상 최악의 '대화재'로 기록된다. 그런데 영국인들은 이 참극을 전화위복의 기회로 만들었다. 모두 새로운 석조 건물로 다시 지으며 도시를

찬란하게 부활시킨 것이다. 대표적인 건물이, 화재 직후에 재설계를 시작하여 1675년에 첫 삽을 뜬 뒤 36년만인 1711년에 웅장한 모습으로 재탄생해 런던의 스카이라인을 장악하게 된 '세인트 폴 대성당 St. Paul's Cathedral'이다. 하지만 주변 건물들과의 사이에 일정한 간격을 두고 이미 석조 외벽을 갖추고 있던 정치와 종교의 중심인 웨스트민스터Westminster는 대화재의 영향을 전혀 받지 않은 채 원래 모습을 보존할 수 있었다. 보험이나 국가보상제도가 없던 당시에 집을 잃은 7만여 명의 서민과 중산층은 극빈층으로 전락했고, 토지를 보유하고 있어 국가로부터 재건축을 지원받은 상류층은 더욱 부유해지는, 부의 양극화 현상이 가속된다. 다른 한쪽으로는 값싼 노동 인력이 많아졌다. 대화재가 발생한 후 개정된 건축법에서는 모든 신축 건물에 목재가 아닌 벽돌이나 석재를 골조로 사용하는 것을 의무화했다. 그리고 도로 변 건물의 높이는 낮아지고 건물 간 간격과 도로의 너비는 넓어졌다. 이러한 변화들로 인해 런던은 때마침 전개된 빅토리아 시대의 자유무역과 산업혁명에 적합한 도시 구조를 갖추게 된다. 유럽의 변방 섬나라 영국이 세계 곳곳에 식민지를 두는 '해가 지지 않는 나라'가 되어 대제국의 절정기에 도달하였으나 이는 한편으로는 저임금과 노예노동, 착취와 인권 침해에 시달리는 노동자와 여성, 어린이, 이민자 등 사회적 약자들의 고통이 최악의 상황으로 내몰리는 극단적인 모순의 시대가 열리는 계기가 된 것이다.

그 시대 런던의 모습을 가장 잘 묘사한 작가가 바로 찰스 디킨스다. 《올리버 트위스트Oliver Twist》, 《크리스마스 캐럴A Christmas Carol》, 《두 도시 이야기A Tale of Two Cities》, 《위대한 유산Great Expectations》, 《데이비드 카퍼필드David Copperfield》…. 그 스스로 빚을 갚지 못하여 감옥에 갇힌 아버지로 인해 정규교육도 받지 못하고 막노동을 전전하던 도시 빈민 출신인 디킨스는 19세기말 산업혁명의 본산인 런던의 자욱한 안개 속 인간 군상의 탐욕과 이기심, 가진 자들의 위선을 날카롭게 비판하고 해학과 풍자로 시원하게 조롱하는 한편, 가난하고 착한 이들의 애환을 실감나게 묘사해 많은 사람으로부터 큰 공감과 인기를 얻었다. 지금까지도 디킨스의 작품들은 수많은 모방과 착안, 재해석을 통해 산업화 후기, 신자유주의 광풍에 시달리는 우리에게 현실감 있게 다가서고 있다.

하지만 늘 새로운 것을 찾는 대중의 입맛은 19세기 말 영국에서도 마찬가지였다. 디킨스의 사회비판과 풍자에 이어 그 이야기 속 악당들의 실체를 날카롭게 분석하고 드러내 그 사악한 의도들을 분쇄해 내는 '영웅'이 런던 거리의 곳곳을 누비는 모습에 열광하기 시작한 것이다. 디킨스의 독무대였던 런던을, 코난 도일과 셜록 홈스가 접수한 것이다.

셜록 홈스 탐정사무소, 베이커가 221B

아프가니스탄 전쟁에 참전했다가 부상을 입고 런던으로 후송되어 온 왓슨은 부상 후유증과 외로움을 잊기 위해 흥청망청 돈을 다 써 버렸다. 그 결과 호텔 방에서 나왔지만 하숙방조차도 얻지 못하게 되었다. 그러던 차에 우연히 만난 옛 병원 동료에게서 룸메이트를 구한다는 한 남자를 소개받게 된다. 해부학에 정통하지만 정식 의학 교육은 받은 바 없고, 화학과 다양한 기묘한 지식을 풍부하게 가지고 있으며 늘 자기만의 알 수 없는 연구에 몰두해 있는 괴팍한 남자, 바로 셜록 홈스였다. 왓슨과 셜록은 런던 중심부, 성 바르톨로뮤Saint Bartholomew 병원 실험실에서 처음으로 만났다. 혈액 속의 헤모글로빈에만 반응해 푸른빛을 띠는 시약을 개발해 자신의 이름을 딴 '셜록 홈스 검출법'이라 부르면서, 생전 처음 만나는 왓슨이 아프가니스탄 전쟁에서 부상을 입고 돌아왔다는 사실을 아무렇지도 않게 맞춰 버리는 셜록. 코난 도일이 1887년에 쓴 《주홍색 연구》 속의 셜록 홈스는 21세기에 탄생한 미국 드라마 CSI 주인공 그리섬Gill Grissom 반장 못지않은 과학수사 능력을 과시한다. 현대 범죄 심리수사의 총아, 프로파일러 못지않은 추리력은 물론이다.

왓슨과 홈스가 처음 만나 룸메이트가 되는 과정도 흥미롭다. 담배 냄새, 화학 실험, 시끄러운 소음 등 서로에게 불편함을 느낄 수 있는 단점과 문제들을 처음부터 솔직하게 다 드러내 낯선 사람들 간의 동거에 뒤따르는 오해와 갈등의 여지를 사전에 조율한 것이다. 물론, 홈스가 왓슨에게서 불평과 불만의 여지를 일방적으로 완벽하게 봉쇄해 버리는 전략이었다. 처음 만나는 '괴팍하고, 흥미로운 연구 대상'인 셜록 홈스를 따라 베이커가 221B, 하숙집 후보지에 도착한 왓슨은 '아늑해 보이는 두 개의 침실과 밝은 느낌의 가구와 햇빛이 잘 드는 두 개의 커다란 창이 있는 거실, 무엇보다 두 사람이 나눠 낸다면 부담 없는 월세'가 마음에 쏙 들어 그 자리에서 바로 셜록 홈스와 함께 계약서에 서명하고 입주를 결정한다.

지금 런던 베이커가 221B엔 소설 속 왓슨이 묘사한 모습이 그대로 재현되어 있다. 입장료를 내고 들어가 관람하는 사설 유료 '셜록 홈스 박물관'이다. 19세기 빅토리아 시대 경찰관 복장을 한 남자가 장식처럼 서 있고, 당시 하녀 복장을 한 여성이 안내를 해 주면서 소설 속 인물과 장면을 재현한 3층 건물 곳곳의 전시 공간을 보여준다.

사실 셜록 홈스가 활약하던 빅토리아 시대엔 베이커가에 85번지까지밖에 없었다. 221B는 코난 도일이 만들어 낸 '가공의 주소'다. 베이커가 85번지 다음엔 'York Place'가 이어지고 그 뒤에 다시 'Upper Baker'가 연결된다. 그런데 셜록 홈스에 깊이 빠져 소설 속 이야기가 모두 사실이라고 믿는 열혈 셜로키언들은 실제 '베이커가 221B번지'의 위치를 찾기 위한 탐사와 조사를 끊임없이 해 오고 있다. 이러한 '셜록 홈스 신드롬'의 상업적인 가치를 깨달은 사람이 있었으니 바로 런던의 사업가이자 연예기획사 사장인 존 에디낭츠John Aidiniantz였다. 에디낭츠는 1989년 런던 행정구역 개편 작업으로 인해 'York Place'와 'Upper Baker'가 모두 '베이커가'로 통폐합되자 새로 '베이커가 239번지'가 된 낡은 하숙집 건물을 헐값에 사들인 뒤 '베이커가 221B'라는 임의의 현판을 내걸고 '셜록 홈스 박물관'으로 꾸몄다. 셜록 홈스의 상품성을 이용한 '런던판 봉이 김선달'이라고 할 만하다.

박물관을 나와 걷다 보면 베이커가에 있는 웬만한 상점들은 모두 '셜록 홈스'를 간판이나 메뉴로 내걸고 있다.

The Great Detective

Museum

그리고 지하철 '베이커가 역' 입구에는 2미터가 넘는 '셜록 홈스 동상'이 서 있다. 1999년에 설립된 이 동상을 만든 조각가는 '존 더블데이'인데 바로 1988년에 스위스 마이링겐에 있는 셜록 홈스 동상을 조각한 사람과 동일인이다.

세계 어디에 있건, 셜록 홈스는 오직 한 사람, 같은 모습이어야 한다는 고집과 원칙을 읽을 수 있다. 지하철 역 안으로 들어가면 벽면이 온통 셜록 홈스의 얼굴로 도배되어 있다.

'범죄의 수도, 런던' 셜록 홈스의 탄생은 필연

살인마 잭Jack the Ripper, 최연소 연쇄 살인범인 9세 소녀 메리 벨 Mary Bell, 요크셔 리퍼Yorkshire Ripper, 부부 연쇄 살인마 웨스트Fred & Rosemary West…. 영국은 가히 '연쇄 살인범의 나라'라고 해도 과언이 아니다. 통계적으로 봐도, 살인과 강도, 성폭행 등 강력범죄가 유럽 내 어느 나라보다 많이 발생하고 있고(Telegraph, 2009.7.2.; The Guardian, 2012.11.30.; The Times, 2013.5.3) 그 범죄의 대부분은 런던에서 발생한 다. 이 때문에 언론과 학계의 일부에서 런던을 '세계 범죄의 수도The World's Capital of Crime'라고 부른다. 그래서 영국은 다른 나라보다 경 찰 제도와 수사 기법이 더 발달했다. 셜록 홈스의 '경찰 파트너'라고 할 수 있는 레스트레이드 경감이 일하는 런던 수도경찰청The London Metropolitan Police은 1829년 창설된 최초의 근대 경찰로 '제복 입은 시 민', '시민의 동의와 수긍을 바탕으로 하는 경찰(Policing by Consent)' 등 '민주적 경찰'의 효시로 불린다. 런던경찰청의 별칭은 '스코틀랜드 야 드Scotland Yard'인데, 최초의 청사로 사용된 건물 이름이자 주소다. 범 죄가 비록 날로 흉폭해졌지만 시민들이 불안감을 느끼지 않도록 경 찰관협의회가 스스로 '비무장'을 결의한 정복 순찰 경찰관의 별칭은 보비Bobby, 영국 경찰의 창시자인 '로버트 필Sir Robert Peel' 경의 약칭 을 따른 것이다. 멀리서도 경찰관의 위치를 알아보기 쉽게 높은 모자 를 쓰고 천천히 걸어 다니거나 말을 타고 다닌다. 하지만 시민들의 눈

에 잘 띄는 정복 경찰 '보비'가 비무장에 순한 미소를 지으며 친절한 모습을 보인다고 해서 영국 경찰이 무르다고 생각하면 크나큰 오산이다. 평온해 보이는 백조의 발이 수면 아래에서 끊임없이 움직이듯, 범죄를 수사하고 진압하는 사복 형사와 무장 특공대는 기민하고 과감하며 강력하다. 영국 경찰은 셜록 홈스의 후예를 자처하듯, '홈스 H.O.L.M.E.S., Home Office Large Major Enquiry System'로 불리는 중요 강력 범죄 수사시스템을 갖추고 있다.

셜록 홈스와 경찰의 수사 결과를 심리해 판결을 내리고 형량을 정하는 형사법원, '올드 베일리Old Bailey'는 영국식 '정의'의 상징이다.

올드 베일리의 입구에는 '가난한 자들의 아이들을 보호하고, 나쁜 짓을 저지른 자들을 벌하라Defend the children of the poor & Punish the wronger'라는 경구가 새겨져 있고 꼭대기에는 유명한 '정의의 여신상'이 한 손에는 칼, 다른 손에는 저울을 들고 서 있다. 어두운 뒷골목, 보이지 않는 곳에서 벌어지는 은밀한 범죄를 분석하고 철저한 현장 수사로 증거를 확보해 용의자의 신원을 특정한 뒤 추적해 검거하는 셜록 홈스의 후예인 경찰의 노력이 계속되고 있기에, 오늘도 런던의 거리는 밤낮을 가리지 않고 밝은 기운과 웃음 그리고 활력이 흘러넘친다.

그리고 경찰의 노고와 희생을 잊지 않는 사회와 시민들은 런던시내 한복판, 국가의 상징이자 왕궁인 버킹엄 궁전 바로 앞 녹지에 '순직 경찰관 추모탑'을 마련해 감사와 경의를 표하고 있다.

셜록 홈스는 법을 준수하고 정의를 추구하며 약자를 보호하고 악인을 응징하려는 경찰관과 시민 한 명 한 명의 정신과 영혼 속에 살아 있는 것이다.

묘연

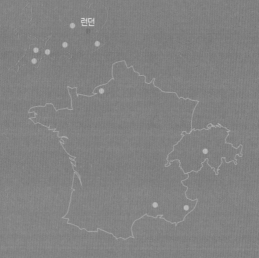

영국 런던London, England
셜록 홈스, '살인마 잭'을 추적하다

런던

영국 최고의 범죄 수사 전문가인 셜록 홈스는 런던 이스트엔드를 공포에 빠트리고 있는 연쇄 살인범 '살인마 잭Jack The Ripper'을 검거하는 것이 자신의 책임이라는 사실을 명확히 인식하고 있었다. 셜록은 이미 희생당한 성 매매 여성의 친구이자 동료인 매리 앤 몽크Mary Ann Monk를 고용해 정보원으로 활용하고, 언제나 충직하고 믿음직한 조수인 왓슨 박사의 도움에 크게 의존한다. 하지만 홈스는 살인마 잭을 쫓다가 그와 격투를 벌이게 되고, 불의의 공격에 큰 부상을 입게 된다. 실패하고 상처 입은 홈스의 약점을 발견한 언론에서는 홈스에 대한 비난과 의혹, 루머 기사를 경쟁적으로 만들어낸다. 그간 쌓아 온 명성과 대중의 신뢰를 모두 잃은 셜록 홈스에게 남은 길은 오직 하나, '살인마 잭'을 검거하는 것. 셜록 홈스는 그동안 보여준 모습과 달리, '수단과 방법을 가리지 않고' 악당을 찾아 응징하기로 결심한다. 자신의 명예만이 아니라, 살인마의 흉수에 비참한 죽음을 맞게 될 잠재적인 피해자들을 구해내기 위해….

Lyndsay Faye, 《Dust and Shadow: An Account of the Ripper Killings》 by Dr. John H. Watson', Simon & Schuster, 2009 중에서

런던의 마지막 밤, '살인마 잭'의 사건 현장을 찾다

셜록 홈스를 찾아 떠나 온 여행의 마지막 밤, 그동안 직접 방문해 확인했던 셜록의 흔적들을 돌이켜보며 정리하다 보니 뭔가 허전한 생각이 든다. 셜록이 실존 인물인지, 그저 작가 코난 도일의 허구적 분신인지 아닌지는 과학과 사실의 영역이 아닌 '믿음'의 영역임을 확인했다. 하지만 여전히 1891년 5월 4일 라이헨바흐 폭포에서 떨어진 이후 다시 런던에 나타날 때까지 (실존이든, 소설에서든) 셜록이 어디에서 무엇을 했는지는 확인할 수 없었다.

지금 느끼는 허전함의 원인은 다른 데 있는 듯 했다. 그것은 셜록 홈스의 시대에 실제 발생했던 가장 잔혹하고 강력하고 이상한, 미스터리 투성이인 사건, '살인마 잭'에 대한 코난 도일의 침묵과 셜록 홈스의 공백이었다. 물론, 코난 도일은 살인마 잭이 런던을 뒤흔들던 1888년에는 저 멀리 북쪽 스코틀랜드에 있는 에딘버러 의대에서 당대 최고의 법의학자인 죠셉 벨 박사로부터 혹독한 수련을 받고 있었다. 하지만 코난 도일이 영국 전역은 물론, 유럽대륙과 미국에까지 알려진 희대의 엽기적 사건을 몰랐을 리 없다. 게다가, 코난 도일이 의대를 졸업하고 꿈을 펼치기 위해 런던에 도착한 1889년 여름에도 살인마 잭의 실체를 밝히고 그를 검거하기 위해 경찰과 언론, 사회가 모두 노력하고 있었다. 게다가 코난 도일은, 본업인 의사로서의 진료 활동보다는 셜록 홈스 시리즈 집필과 실제 범죄사건을 찾아 진실을 밝히고 억

울한 누명을 쓴 피고인들의 결백을 밝혀내는 '탐정' 일에 더 열성적이었지 않았던가? 코난 도일이 살인마 잭에 대해 침묵하고 셜록 홈스가 손을 놓고 있던 것은, 마치 전문적으로 범죄를 다루던 내가 화성 연쇄 살인 사건과 유영철, 정남규, 강호순 연쇄 살인 사건들에 대해 침묵하는 것과 다를 바가 없는 '이상한' 일인 것이었다.

허전함을 달래기 위해 인터넷에서 찾은 '살인마 잭 워킹 투어Jack the Ripper Walk' 프로그램을 사전에 예약하고 투어 출발 장소인 '타워힐 Tower Hill' 지하철 역으로 갔다. 지상으로 나오자마자 저 너머에 헨리 8세가 처형한 '천일의 앤Anne of The Thousand Days' 등 수많은 원혼이 서려 있는, 음산하고 웅장한 건물인 '런던 타워London Tower'가 바라다보인다. 역 앞 광장에 모인 참가자들을 훑어 보니 대부분이 영국, 유럽 및 미국 관광객들이었고, 동양인은 나 혼자인 듯 했다.

런던을 뒤흔든 참혹한 연쇄 살인

시끌벅적한 술집과 골목들, 그리고 2륜 마차들이 가스등 불빛 아래에
서 손님을 기다리는 모습들 사이로 밤안개가 자욱하게 피어오른다.
점점 어둠이 깊어지자 천박한 화려함이 물씬 풍기는 복장의 성매매
여성들이 거리로 나와 자기 자리를 차지하고, 새벽이 가까워지면서
신문팔이 소년들의 외침이 여기저기서 들려오기 시작한다. 이는 소
설과 영화 속에서 흔히 볼 수 있는 19세기말 런던의 풍경이다. 그런데
1888년 8월 31일 금요일 새벽에 발생한 끔찍한 사건은 런던을 그 전
과 전혀 다른, '피와 공포의 도시'로 만들어 버리고 만다. 새벽 4시가
채 안된 시간, 런던 화이트채플White Chapel 지역의 '버크 가Buck's Row'
를 지나던 찰스 크로스Charles Cross라는 남성이 어둡고 한산한 골목길
에 쓰러져 있는 여성을 발견한 것이 사건의 시작이었다. 시신의 모습
은 참혹했다. 왼쪽 턱이 멍들었고, 목에 두 차례 칼로 깊게 베인 상처
가 선명했는데, 기관과 식도가 모두 절개되어 있을 정도로 치명적이
었다. 상처에서 흐른 많은 양의 피는 대부분 피해자의 옷 등 부분에 스
며든 뒤 바닥에 흘러내렸다. 피해자의 배에도 길고 날카로운 칼로 위
에서 아래로 깊이 찌르고 가른 상처가 있었는데, 내부 장기가 거의 다
드러날 정도였다. 오른쪽 옆구리에도 여러 차례 칼로 그은 절창이 있
었다. 범인은 피해자가 바닥에 누워 있을 때 칼로 난자한 것으로 추정
되었다. 피해자의 신원은 42세의 성 매매 여성인 '메리 앤 니콜스Mary

Ann Nichols'로 밝혀졌다. 인쇄소 기능공인 남편과의 사이에 5명의 아이를 둔 엄마로, 자신의 알코올 중독 문제로 인해 결혼생활이 파탄나자 거리로 나와 몸을 팔며 생계를 유지하던 가련한 여인이었다. 이곳이 바로 그 현장이다. 경찰의 철저한 수사에도 불구하고 증거도, 증인도, 단서도, 범인의 어떤 흔적도 발견되지 않은 치밀한 범죄였다. 주변 상인과 주민들 중 비명을 듣거나 수상한 행동을 본 사람도 없었다. 그로부터 일주일 여가 지난 9월 8일 토요일 새벽 6시, 두 번째 시신이 발견되었다. 장소는 첫 사건 현장으로부터 멀지 않은 '핸베리 가 Hanbury Street' 시장 어귀에 있는 집 뒷마당 입구였다. 피해자는 47세의 성 매매 여성 '애니 채프먼Annie Chapman', 그녀는 마부인 남편과의 사이에 세 자녀를 두었지만, 병으로 장녀를 잃고 막내아들마저 장애인이 되자 낙심한 끝에 남편과 함께 알코올 중독자가 되었고 끝내는 파경에 이른다. 그녀 역시 첫 피해자 니콜스처럼 거리의 여인이 되었고, '살인마 잭'의 희생자가 된 것이다. 채프먼의 시신 역시 니콜스처럼 목이 칼에 두 차례 깊이 베였고, 배가 갈라졌는데, 다른 점은 '자궁'이 없어진 것이었다.

언론에서는 '화이트채플 연쇄 살인' 사건을 연일 대서특필했고 이전에 발생한 미해결 살인사건이나 성폭행, 강도 등 여성 대상 범죄들을 모두 묶어 엄청난 살인마가 준동하고 있다는 괴담을 퍼트렸다. 경찰에도 비상이 걸렸고 강도 높은 검문검색과 탐문수사, 경계경비 근무가 이루어졌다. 살인마도 겁이 나 꼬리를 감췄는지 한동안 더 이상 살인 사건이 발생하지 않았다.

다시 나타난 살인마, 더 잔혹해진 범행

하지만 채 한 달도 지나지 않아 또 다른 살인 사건이 일어났다. 9월 30일 일요일 새벽 1시부터 1시 45분 사이에 두 구의 시체가 연이어 발견된 것이다. 1시에 발견된 44세의 성 매매 여성 '엘리자베스 스트라이드Elizabeth Stride'의 시신은 왼쪽 목에 가해진 단 한 번의 공격으로 경동맥이 절단되어 있었지만, 이전 다른 피해자들과 달리 배 쪽에는 상처가 없었다. 범행 중에 방해 요소가 있었는지, 다음 범행을 수월하게 하기 위해 경찰력을 유인한 것 인지, 아니면 '살인마 잭'이 아닌

모방범죄자의 소행인지는 알 수 없었다. 이로부터 45분 뒤에 발견된 46세의 성 매매 여성 '캐서린 애도우즈Catherine Eddowes'의 시신은 목이 잘려 있었고, 배가 갈라진 채 콩팥과 자궁이 사라졌다. 현장 일대를 샅샅이 수색하던 경찰이 인근 '굴스턴가Goulston Street' 쪽방촌 거리의 벽 아래에서 피묻은 애도우즈의 앞치마 조각을 발견했는데, 그 벽에는 '유태인'이라고 쓴 낙서가 있었다. 당시 '반 유태인' 정서가 퍼져있던 런던 거리에서 이런 낙서는 흔히 발견되었지만, 혹시 연쇄 살인과 연결되어 '반 유태인 폭동'이 일어날 것을 두려워 한 경찰은 이

낙서를 지워버렸다.

하룻밤 사이에 같은 지역에서 두 명의 여성이 피살당했고, 벌써 4명이나 살해당했는데도 경찰이 아주 조그마한 범행 단서조차도 잡지 못한 채 우왕좌왕하자 비난이 봇물처럼 쏟아지기 시작했다. 런던 시장은 이 위기를 돌파하기 위해 지금 화폐가치로 1억 원에 해당하는 역대 최고의 현상금을 내걸었다. 현장에 남은 범인의 냄새를 추적할 사냥개를 투입하는 방안도 고려되었지만 지나치게 복잡한 도심 환경의 특성과 '범인에 의한 독살'을 염려한 개 주인들의 반대로 무산되었다. 시민들의 비난에 시달리던 런던 경찰은 조금이라도 용의점이 있는 남자 2천 명을 용의선상에 올린 후 소환해 심문하였다. 이 중 용의점이 해소되지 않은 300명을 대상으로 강도 높은 수사를 벌인 끝에 80명을 입건·구금했다. 하지만 결국 어느 누구도 '살인마 잭'으로 기소하지 못했다.

경찰이 엉뚱한 사람들을 조사하고 괴롭히던 사이, 보란 듯이 또 한 건의 살인 사건이 발생했다. 11월 9일 금요일이었다. 이번엔 거리가 아니라 피해자의 방 안이었다. 아침 10시 45분에 발견된 25세의 성 매매 여성 '메리 제인 켈리Mary Jane Kelly'의 시신은 목에 난 깊은 상처가 치명상이었고 배가 갈라진 채 내장이 온통 방 안에 쏟아져 나와 있었다. 그리고 심장이 사라졌다.

공권력에 도전한 '살인마 잭'에 대한 프로파일링

1888년 9월 27일, 영국 '중앙통신Central News Agency'에 살인마 잭을 자처하는 사람이 보낸 편지 한통이 배달되었는데 거기에는 그동안 발생한 사건들이 모두 자신의 소행이라고 밝힌 내용과 'Jack the Ripper'라는 서명이 들어 있었다. '살인마 잭'이라는 별칭이 붙게 된 이유다. 그로부터 나흘 뒤인 10월 1일엔 필체와 서명이 모두 같은 엽서 한 장이 같은 통신사로 날아들었는데, 하루 전 45분 사이에 발생한 두 건의 살인 사건이 모두 자신의 소행임을 밝히는 내용이 적혀 있었다. 다음 날, 런던경찰청 신축 건물 공사 현장에서 신원미상의 여성 시신 일부가 발견되었다. 10월 16일엔 화이트채플 방범위원회에

소포가 하나 배달되었는데, 작은 상자 안에 알코올에 담긴 콩팥이 들어 있었고, 동봉된 편지엔 그 콩팥이 9월 30일 살해된 피해자 에도 우즈의 것이고, 나머지 콩팥 하나는 자신이 요리해서 먹었다는 내용이 적혀 있었다. 실제 범인이 보낸 것인지는 확인되지 않았다. 하지만 그것이 만약, 범인의 소행이라면 경찰에 대한 명백한 조롱이었고 도전이었다.

최악의 위기에 몰린 런던 경찰은 의사 등 전문가들을 총동원해 역사상 최초의 '프로파일링'을 시도한다. 만약에 셜록 홈스가 실존했다면, 분명히 이 과정에 참여해 분석을 주도했을 것이다. 우선, 사건 발생 시간과 장소들을 분석했다. 5건의 사건 모두 주말인 금, 토, 일 중 하루의 심야에서 새벽 사이에 발생했고, 모두 도보로 이동할 수 있는 거리 내에 있었다.

세간의 루머와는 달리, 시체에 남긴 상처에서 전혀 의학적 혹은 과학적 지식이나 기술, 도축업 등의 경험의 흔적은 찾을 수 없었다. 매우 거칠고 폭력적이며 마구잡이식 칼놀림이었다. 성 매매 여성만을 노렸고, 옷을 벗기고 얼굴과 성기, 자궁 등 성적인 신체 부위를 집중적으로 공격하는 성향을 보였지만, 정작 성적인 행위나 애착을 보이는 행위는 전혀 하지 않았다. (성매매) 여성에 대한 분노 혹은 혐오, 낮은 자존감, 성적인 자신감 부족이나 성기능 장애를 의심해 볼 수 있는 특징들이다. 성공한 다섯 건의 범행 외에도 주말 심야 시간대에 적절한 범행 장소와 대상자 그리고 기회를 찾기 위해 수없이 배회했을 것이라고 가정해 볼 때, 가족 없이 혼자 살고 있으며, 교류하는 사람이 거의 없는 사회적 외톨이로, 평일에는 강도 높은 노동 등의 일을 하고, 주말엔 쉬는 생활 형태를 보이고 있었을 가능성이 높다.

미국의 배우 겸 작가 린지 페이Lyndsay Faye는 셜록 홈스 패스티시 소설인《Dust and Shadow》에서 살인마 잭의 실체를 밝혀낸 셜록 홈스가 그와 격투를 벌이다 큰 부상을 입는 설정을 제시한 바 있다. 어쨌든, 살인마 잭은 우리나라에서 발생한 '화성 연쇄 살인' 사건의 범인처럼, 그림자만 남긴 채 먼지 속으로 사라졌다. 하지만, 최근까지 살인죄에 대해 공소시효가 있었던 우리와는 달리, 살인 등 강력 범죄에 대한 공소시효가 없는 영국에서는 '잭'의 정체를 밝히기 위한 분석과 추적이 지금도 여전히 진행되고 있다. 그런데 1888년 11월 9일 마지막 범행 후, '살인마 잭'은 도대체 어디로 사라진 것일까?

눈 앞에 나타난 셜록 홈스(?)

'살인마 잭 투어'를 모두 마치고 돌아오는 길, 하늘에 휘영청 떠 있는 보름달이 어느 때 보다 을씨년스럽다.

동양에서 달은 따뜻함과 고향집을 연상케 하는 정감의 상징이지만, 서양에선 늑대인간과 뱀파이어가 부활하는 괴기함과 음산함을 대표한다. 오죽하면, '미친, 광기, 정신 이상'을 뜻하는 단어가 '달의 영향을 받은 lunacy, lunatic'에서 유래했을까? 눈앞에 영국식 선술집 '펍 pub'이 보였다. 일말의 주저도 없이 들어갔다. 목도 말랐지만, 심리적 갈증 역시 상당했다. 맥주가 필요했다.

영국 전통 맥주인 에일, 흑맥주, 유럽식 라거…. 종류별로 한 파인트씩 마시다 보니 어느새 취기가 돈다. 여독과 여행을 마친다는 아쉬움 때문에 더 빨리 취했나 보다. 갑자기 눈앞에 헛것이 보인다. 베네딕트 컴버배치가 늙어 70대가 된 듯한 모습의 노신사가 셜록 홈스식 사냥 모자를 쓰고 파이프를 문 채 내 앞에 앉아 있는 것이 아닌가? 눈을 비비고 다시 봐도 여전히 그가 눈앞에 있다.

그가 말을 건다.

내가 밝히지 않은 것 같은데 그는 이미 내가 한국에서 온 프로파일러라는 것을 알고 있다. 한참 범죄와 수사 기법에 대한 이야기를 주고받은 끝에 그가 이상한 말을 한다. 1891년 5월, 라이헨바흐 폭포에서 추락한 후 외항선에 오른 그가 살인마 잭의 흔적을 쫓아 미국, 남미, 러시아 등 동유럽, 호주는 물론 조선에도 다녀왔다는 것이다. 그의 말을 검증하기 위한 질문을 던진 것 까지 기억이 나고 필름이 끊겼다. 그 후에 어떻게 호텔로 왔는지 도무지 기억이 나지 않았다. 다음 날 일어나 보니 내 호텔방이었다.

어제 밤 만난 사람은 정말 셜록 홈스였을까? 아니면 그저 나 같은 취객이었을까? 아니면, 취중 환각이었을까? 서울로 돌아오는 비행기 안내 몸과 마음속엔 어느 새 셜록 홈스가 들어와 있었다.

에필로그

비행기 창 너머 펼쳐진 거대하고 새하얀 구름 융단은 늘 뛰어들고픈 충동을 느끼게 한다. 그 안에는 베르나르 베르베르의 소설 《타나토노트》와 《천사의 제국》 속에 그려진 영혼과 신들의 세계가 숨어 있을 것 같다. 구름의 끝에서 이어지는 바다와 광야와 도시, 산맥과 강줄기는 묘한 향수를 불러일으킨다.

여행이 남기는 것은 사진과 추억만이 아니다. 일상에서 찾기 힘든 비움의 시간, 세상과 사람들이 덧씌우고 강요한 역할과 이미지를 벗고 온전한 자신에게로 돌아가 볼 수 있는 기회, 어른이 되었다는 이유만으로 억눌리고 금지당하고 억제되었던 상상, 환상, 몽상들을 마음껏 펼쳐 볼 여유….

더욱이 이번 여행은 셜록 홈스, 아가사 크리스티, 사드, 뤼팽, 장 바티스트 그루누이를 추적하고 그 흔적과 체취를 만끽하는 행복한 시간이었다. 모든 여행의 끝이 그렇지만, 이번 여행은 특히 더 많은 여운과 아쉬움이 남는다. 팍팍하고 복잡한 현실로의 복귀가 두렵기까지 하다. 하지만 늘 그랬듯, '적응'이라는 이름의 마법은 언제 그랬느냐는 듯 여행을 하기 전의 그 자리에 그 모습으로 날 돌려놓을 것이다. 물론, 그 강력한 '적응'의 힘도 여행으로 인해 바뀐 내 내면을 결코 여행 전의 상태로 돌려놓지 못할 것이다. 한동안 상황에 전혀 걸맞지 않는 미소, 멍한 표정, 뺨을 발갛게 물들이는 감정의 동요가 게릴라처럼 나타났다 사라질 것이다. 그리고 오랫동안, 어쩌면 영원히, 사람과 세상과 나 자신을 바라보고 해석하고 이에 대응하는 자세와 태도와 정서에는 전과 다른 차이가 내 안에 탑재될 것이다. 여행 전과 후의 나는 '같지만 다른 존재'가 된다.

2012년 여름에 다녀온 '유럽 추리 여행 – 셜록을 찾아서'가 내게 어떤 영향을 어떻게 미쳤는지, 만약에 이 여행을 다녀오지 않았다면 그해 겨울에 발생한 '국정원 대선 개입 여론 조작 사건'에 대한 내 태도와 대응이 달랐을지 알 수 없다. 과학적 증거와 근거를 통해 입증할 수는 없다는 얘기다. 하지만 분명히 이 여행 전과 후의 나는 '같지만 다른 존재'다. 측정하기 어려운 은밀하고 미묘한 내적 변화가 사람과 세상과 나 자신을 인식하고 느끼고 대응하는 방식에 차이를 만들어 내었을 가능성은 매우 크다. 그 '차이'와 '상황'의 특별함이 만나 화학 작용을 일으키면서 내 삶은 완전히 바뀌었다. 편안하고 안정되고 보장된 경찰대학 교수의 모습에서, 사회와 역사의 소용돌이 속에 직접 뛰어들어 한치 앞을 내다보기 힘든 불안하고 위태롭지만 의미와 보람도 큰 정치인의 삶으로 격변했다. 이번 '추리 여행' 때문이라고 할 수만은 없지만, '추리 여행'의 영향이 없었다고 할 수도 없다. 그만큼 여행은 위험하다. 원하든 원하지 않든 자신과 삶을 바꿔버릴 수 있기 때문이다.

여행을 다녀온 지 6년째가 되는 지금, 그동안 틈틈이 기록하고 묘사해 온 여행 에세이를 마무리하는 내 마음은 흥분으로 달아오른다.

많은 기대와 견제, 격렬한 찬성과 반대, 극단적인 응원과 비난이 난무하는 정치 현실에서 유체 이탈해 다시 여행자의 몸으로 빙의한 기분이다. 라이헨바흐 폭포에서 셜록 홈스의 시신을 수색하고, 향수의 고향 그라스에서 장 바티스트 그루누이의 냄새를 맡는다. 지중해 해풍도 스며들지 못하는 산골 라꼬스테의 '사드성'이 풍기는 음산한 기운과 괴도 뤼팽의 은거지 기암성의 하얀 마성이 아른거리는 에트르타에 압도당한다. 도버해협을 건너 토마스 대주교의 갈라진 머리에서 쏟아지는 하얀 뇌수와 붉은 피가 바닥을 흥건히 적시는 캔터베리 대성당의 경건함에 고개를 숙인다. 셜록 홈스와 해리포터가 만나는 옥스포드, 코난 도일의 대 사부 셰익스피어의 문향이 가득한 스트랫포드 어폰 에이븐, 아가사 크리스티의 미스터리한 삶과 그의 작품 속 이야기들의 현장이 펼쳐져 있는 토키, 바스커빌 가의 개가 내뿜는 공포의 기운이 지배하는 황무지 다트무어, 고대의 신비와 무속·미신·심령술의 세계로 코난 도일을 끌어들인 스톤 헨지…. 그리고, 셜록 홈스 없이는 결코 완전체라고 할 수 없는 도시 런던.

아직 셜록 홈스의 실존 여부를 확인하지 못했다. 사라져 버린 현실 세계의 연쇄살인마 '잭Jack the Ripper'의 흔적은 제대로 탐색해 보지도 못했다. 희대의 범죄자에서 최고의 형사로 변신한 '비독Vidocq'과 범죄심리학의 창시자 한스 그로스, 범죄학의 아버지 롬브로소Cesare Lombroso, 프랑스의 '셜록 홈스'로 불리는 과학 수사의 태두 에드몽 로카르Edmond Locard와 베르티옹Alphonse Bertillon의 활약상과 그들이 수사했던 사건들의 현장도 확인해 봐야 한다.

언제가 될지는 모르지만, 반드시, 또 떠날 것이다. 그 여행이 또 나를
어떻게 변화시킬지, 그 변화로 인해 상당히 크고 많은 격동과 위험과
어려움을 마주하게 된다 하더라도, 또 한 번 '같지만 다른 나'로 '알을
깨고 나와' 새로운 역할을 수행하는 새로운 삶을 시작할 마음의 준비
가 되어 있다. 기대와 흥분이 두려움과 뒤섞인 모험의 시간, 다음 '추
리 여행'으로 독자 여러분을 다시 만날 것이다. 그때까지 부디 편안
하시길 바란다.